長照鏡頭下的漏網特寫！

一位中年女子和老父間的私密時光

阿Hing 著

自序

「雄一，不要哭，誰欺負你了？」

雄一想把眼前母親可愛的模樣畫下來，不知不覺看著畫卻哭了，母親看到他哭了，心疼地說。

已然失智的母親，逐漸認不得自己的兒子雄一，每次雄一來到機構看她時，母親常誤以為是壞人而大喊大叫，只要他一脫掉帽子，露出招牌的禿頭時，「啊，雄一」摸著摸著那顆熟悉的禿頭，母親很快就又笑出來了！可惜後來，那招「禿頭」牌，變得不太管用了，因為，才認出禿頭的兒子，沒多久，「你是誰？」母親就又盯著眼前的人，瞬間不相識了！

幾年前，自己坐在觀眾席上，看著《去看小洋蔥媽媽》（《ぺコロスの母に会いに行く》）的電影，隨著劇情又哭又笑。

電影中的主角，中年大叔的雄一，只要一回到老家探望獨居的母親，經常發現客廳裡的電話筒，老是被擱置在桌旁忘了掛好，雄一只要一看到，總會碎念母親幾句。對於母親這個壞習慣，剛開始他並不以為意，直到有天，當他拉開老家中的櫥子，赫見裡頭，竟塞滿了母親的髒衣物時，這才驚覺不對勁，原來，之前母親老是忘了掛好電話，顯然不是單純的健忘或習慣不好，而是失智的開始。電影中的中年兒子雄一，放心不下開始失智的母親一個人獨居，然而單親的他及唯一的兒子，也都必須養家糊口，後來，即便遭來熟識店家老闆的質疑，「竟想把老母送到養老院」，最後，他也只能選擇將母親送到機構，請別人協助照顧。

看著這部日本電影的當時，現實的台灣，也早走進了高齡社會，對於父母失智或長照的議題，不是僅有的浮上檯面，自己身旁周遭，就算還只是一小撮，早就有人正為著照顧衰退的父母而勞心勞力了。

假如有一天，自己的爸媽，逐漸衰老的身體出狀況了，或者什麼時候，搞不好失智也可能找上他們時，自己該會如何？雙腳業已跨入中年初老圈的自己，並非「沒想過」這些問題，毋寧說是，「不想」太早去認真思考吧？單純就圖個過一天算一天、遇上再說的鴕鳥心態罷了。

然而，該來的還是躲不掉，幾年後，「那一天」終究還是不請降臨，關於父母衰老後的照料、乃至相關的失智或長照的面相，再也不像電影般事不關己了。

所謂的「人生如戲」，父親的那場車禍意外，猝不及防地，讓自己便從台下的觀眾席，突然一躍站上了舞台，在毫無任何心理準備之下，即刻就得展開與父親領銜演出的長照戲碼，在這齣真實的人生劇場裡，當然不會有導演森崎東[1]跑來跟你「開麥拉」，巧合的是，在迫於無奈的情況下，我們家同樣選擇將車禍腦傷後的父親，送進了照護的機構。

時至今天，台灣的社會長照型態，也進入了多元的選項，不再侷限在家獨自或藉由外籍看護的協助照顧長輩，機構的照護中也多了日照通勤及長照住宿等方式。然而，打從自己扮演起長照機構家屬的角色開始，時不時，猶仍不得不面對他人異樣的眼光。

「你們怎沒把爸爸帶回家照顧？」

「怎麼沒申請外籍看護，讓爸爸留在家就好？」

「很難想像有人會把自己的爸媽送到機構去！」

一直以來，很多人常會拿「孝順」兩字，當作是衡量父母長照天秤的法碼，對於那些把父母送往機構的子女，根本不由分說或秤量，往往直接就會被「不孝」掛上了等號。其實，每一家庭都有難言的故事，如果可以的話，對於大部分人來說，或許，誰都不願、也不捨將逐漸失智甚或失能的父母帶離身邊吧？

坦白說，當冠上長照機構家屬的身分以來，一路上，自己常常走著走著，就怕踉蹌跌倒了，因為心裡頭總是被巨石壓著般，每天看著在機構裡的父親，內心的糾結與不捨，在每個

[1] 二〇一三年《去看小洋蔥媽媽》（《ペコロスの母に会いに行く》）的電影便是由庶民導演森崎東所執導，可惜他已於二〇二〇年離世，享年九十二歲。

日日夜夜裡，不知早已反覆輪迴過多少次了。

鄧惠文醫師曾在她的書中提過，「願意拿出中年時間陪伴父母老去的人，不再是因為孝順的公理，而是因為與父母之間的私誼。」

所謂用孝順丈量的公理，對於每位正走在父母長照路上的家屬來說，實在太過沈重了！倘若換成「陪伴」的說法，不論是用什麼樣的形式，只要願意陪著父母一起走完長照之路的，那樣的情誼，應該就不是世俗的眼光、或任何尺規可以估量的了。

「我們這一生，都是回不去的進行式」。[2]

經歷那場意外後，一直以來自己所仰仗倚靠的父親，從此再也回不去了，曾幾何時，看起來頗具威嚴的他，如今隨著步步漸次邁向失智與退化，一點一滴也慢慢變成倚賴女兒不可的老小孩了。昔日父親靈活清明的腦筋，同樣也回不去了，甚且他常常自顧自地，逐漸便走向和我們宛如平行的世界裡。

不過，套句《去看小洋蔥媽媽》電影中主角雄一最後的台詞，「糊塗了也不是壞事」！像這樣，看著自己既已穩坐八十望向九十高齡的父親，即使「食乎肥肥，裝乎槌槌」[3]，未嘗不也是另一種福份呢！

2 陳文茜，《終於，還是愛了》，有鹿文化出版。
3 台語諺語，形容儘管吃得腦滿肥腸，裝作什麼事都不管。

「妳老爸真古錐呢！何不把它寫下來？」

看著已經回不去的父親，很多時候的他，反而，越看越可愛了！

「對於無常生命中無法掌控的分離，最好的對抗，就是隨時跟你在乎的人累積美好的回憶」，因為「記憶是奪不走的，而它也終將是你在失去後最溫暖的救贖。」[4]歷經愛妻韓良露病逝的傷痛，好不容易才走出來的作家朱全斌，曾在書中這麼地說。

對於一生老病死的無常，向來沒人能抓得準的，尤其近年來，常聽到身邊好友的長輩，陸續無預警地因病猝逝，另外，當前尚有這場仍看不到盡頭的COVID-19世紀大災難，我們不僅身在其中，同時親眼見證或聽聞到人生更多的無常，這一兩年來，舉世好幾百萬條的人命，就因這詭譎可怕的疫情而憑空消逝了，如果這不叫無常，什麼才是無常呢？

因此，當最在乎的父親，還能和自己「答喙鼓」（鬥嘴）的時候，如果可以藉由書寫的方式，把他最古錐的記憶留下來，不趁現在、將待何時呢？

「老爸，我想幫你寫個故事，你說好或不好？」

「啊妳要寫什麼？是不是要寫說『古早古早有一位老爸……』？」

「好是好，但是你只能寫好的，不可以寫我壞的喔！」

4 朱全斌，《謝謝妳跟我說再見》，有鹿文化出版。

父親老番顛時，跟你漫天亂開支票，事後全不記得也不認帳，不過，遇上他老人家腦筋清楚時，到底還是要面子的。

於是，好不容易才「拍板」決定，這本書最後以似真似假的敘事性故事呈現，藉由平白寫實的方式，以菜市場名「雅婷」的中年女兒，嘗試描繪她和步入長照的父親間的私誼。故事的內容情節，可能正巧與目前發生在普羅眾生的你我相類似甚或雷同，很多的靈感，也不乏改編取自父親機構的場景，書中描繪的雅婷父親，特別在古錐的這一面，很多地方或許也看得到自己父親的影子，雖然如此，故事中刻畫的內容或角色，也必須是我那時而靈光、時而番癲的父親說了算！因此，讀者大可不必跟著故事中的情節、乃至書中出現的人物一一去對號入座。

此外，自己在第一本書裡，嘗試穿插了不少台語的用詞，「原本書讀得很順暢，但讀到台語的地方，就卡卡慢了下來」，聽說，有人讀著差點就卡關了！

這本書既是為父親所寫，當然，免不了要有他那身為所謂「台語」人道地的氣口（口氣），否則，整本書就會像少了該有的靈魂般。另一方面，書中之所以刻意加入台語的元素，無非也是期盼，他日若能順利付梓，多少可以引發父親閱讀的興致，好讓已經不想動腦筋的他，有個拿來翻翻看的意願。

因此，尚請不諳台語的讀者，如果可以的話，能夠放慢閱讀的速度，細細去品嚐箇中唯有台語才能的傳神況味。

有興趣翻閱此書的你，是否也正走在陪伴父母或親人的長照路上呢？

不妨也請跟我一樣，嘗試用你自己的方式，就趁現在，留住和你最在乎親人的最美好的片刻，因為錯過了短暫，很可能遺憾的，便是永恆了。

本書完稿於二〇二一年七月中旬

目次

第一話　漫走被按下了暫停鍵

啊妳說那什麼「肺炎」的，有很多人死去？不過是「肺炎」而已，敢（難道）真正有那麼嚴重？

嗶嗶，嗶嗶，嗶嗶嗶……

「姐姐，不好意思時間到了，因為下一組的家屬也在等候了……」

機構裡的計時器響完沒多久，父女的短暫會面也告一段落，望著父親推著自己的輪椅離去的佝僂身影，雅婷的內心揪了一下。

在COVID-19新冠疫情肆虐的起始階段，歐美國家還有人不知死活拒戴口罩，多數人也無非心存僥倖，只要撐過冬日，等到迎接盛夏酷暑時，疫情也許便能終結吧？可誰也沒想過，COVID-19竟超乎想像地厲害，宛如我們電影中常看到的超級魔王大壞蛋，打不死而且還不斷變種進化，疫情就這樣一波接著一波方興未艾，始終看不到盡頭。

這個堪稱世紀大傳染病COVID-19，就這樣說來就來，在大家全然沒有的心理準備下，且戰且走，只是這超級大惡魔造訪下的地球，牠每走過必留下累累不堪的痕跡，不計其數的人死的死，病的病，而得以保身安命者，原本的生活也被支支解解地破壞，大家無一倖免全成了大螢幕中的落難者，其中，雅婷自己，甚至還在機構裡頭的父親，也被迫面臨前所未有的池魚之殃。

當第一波疫情來臨時，國外早已聽說風聲鶴唳，導致好幾個國家好幾個地方圍堵封城，儘管台灣防疫做得好，國內出現過第一起首宗長照護理師染疫，成為國內169確診案例的那時候，第一時間衛生單位漏夜清空養護機構裡五十多名的住民，分別安置在醫院、檢疫等不同的場所，機構內的工作人員採樣篩檢，被要求全面的居家隔離，同時招募調派新的一批照顧服務員。

大概也就是從那時候開始吧？隨著疫情的驟然變化，雅婷父親住進的機構，也因應防疫做了調整，一度從原本的預約式會客，然後不預警地被要求全面的禁止訪客了。

那個該死的什麼武漢肺炎、後來又改稱新冠狀肺炎的COVID-19大惡魔，迅雷不及掩耳地，讓整個世界幾乎空轉了，大家的生活也變了調！人與人際、國與國間，想出也出不去、進也進不來，很多做生意的都快做不下去了，別說錢滾錢的交流，討生活的都困難重重了，人與人間的根本互動，也嚴重受阻。

當做生意的吶喊著客人不上門吃不消，基於安全防疫的大前提下，醫院和長照機構更是突如其來宣布「禁止會客」，這道史無前例的禁令，何時才能解除，沒有人知道。當下包括雅婷和其他家屬，更是遍地哀嚎、欲哭無淚！畢竟，大多數的家屬，都是在情非得已的情況下，才將自己的親人送往機構，絕非如某「天龍國」公眾人物在螢幕前，諸如「反正把親人送進機構後家屬都不管」亂耍嘴皮子般。

這道天殺的會客全面禁令，對於機構內外的人無疑都是項大考驗，機構裡如雅婷父親還可以起身的住民，萬一見不到來自親人的探望，是否會暴動？而對於那些長期臥床的爺爺奶奶，內心無法說出口的煎熬，想必更是天人交戰了！至於在外頭的家屬們，無法隨心所欲入內探望親人，其內心的不捨更不足以外人道，像這樣，包括雅婷他們之於無法將親人帶在身邊的家屬而言，難道這算是一種世紀的大懲罰嗎？

於是，在那段全面會客禁止期間，後來雖彈性調整為預約視訊的方式，期盼面對面看到長輩親人的臉，成了一種不能期待的奢望，然而，為了保護自身和裡面親人的安全，雅婷和其他家屬，也只能將無法見面的痛苦與揪心，化為無盡地等待和忍耐。

當然，過去一直以來，雅婷陪著父親黃昏的漫走，也就硬生生地隨之被迫按下了暫停鍵。

不記得從何時開始，以前父親還住在家中的時候，尤其是每逢假日的晚餐飯後，雅婷都會陪著父親於附近的校園散步，當時的橋段看過去，父親和她肩並肩的背影下，他的大手永遠只會跟著自己的步伐自然地擺動，因此，別說大手拉小手了，那時父親滿滿自以為是的意氣風發，根本輪不到雅婷「動手」拉伺在旁。

當年的那場車禍意外，經過一番折騰後，父親住進了機構，歷經一段時日，好不容易隨著父親的身體狀況漸次回復、而後能夠緩慢移動行走，雅婷每天一下班，都習慣過來機構陪父親，看著他用完晚餐後，她就會攙扶著父親，或是父親緊抓著她的小手，父女倆總是漫步在每個夕陽的西下，那是COVID-19大惡魔尚未造訪的太平歲月。

在如此普通不過的日常裡，鎮日待在機構裡的父親，總是帶著「放風」的心情，每天無不翹首期盼，傍晚那個時刻雅婷的到來。

彼時雅婷和父親路上經常走著走著，不知不覺就一起穿越過時光的隧道，然後有時她像是幫父親的腦袋開了鎖，讓昔日片片的記憶慢慢解封，段段落落地掉了出來，那裡頭有些是在雅婷的腦海裡也能搜尋到的印記，有些卻讓她模模糊糊，分不清到底是真還是假。

「吼～妳看，厝角鳥仔（麻雀）都不怕人……」

「老爸，『厝角鳥仔』是什麼鳥？啊國語要怎麼說？」對於飛禽鳥獸全然「鳥痴」的雅婷，完全會意不過來。

看似很認真地陷入思考未果後，沒多久，父親一個不留神，身體傾斜了一邊，下意識他趕緊抓住雅婷的手，隨即另一手指向路旁樹梢上的小鳥，又開心地說著。

「……啊那是白頭ㄎㄧㄚ（白頭翁？），牠們若是出來，都是雙雙對對的兩隻！」
「老爸，你有夠厲害的啦，聽聲音就知道什麼鳥？」
「啊你不知道我卡早都嘛在『打鳥ㄚ』？」
「為什麼在『打鳥ㄚ』？啊你都怎麼『打』鳥啊？」
「你不知道喔？『打鳥ㄚ』玩啊！用石頭打說！」
「吼~老爸，啊你卡早竟然這樣白目喔！」兩人為此還哈哈大笑！

這段父親的兒時趣事，恐怕連嫁過去的雅婷母親都不知情，對於幼年就失怙、三餐生活都拮据的年代，父親哪來的玩具餘興？用石頭打鳥，大概就成了他兒時最好的消遣活動吧？儘管自幼家境清寒書讀得不多，雅婷常因父親無師自通、肚子裡深藏的博學知識而崇拜著，只是沒想到，就連小時候這般白目打鳥的經驗，也讓父親儼然打成「鳥博士」了。

然而，對於年邁且臨失智的父親來說，在他現有的記憶體裡，能夠像這樣被自動搜尋出過往的影像檔案，變得越來越不容易了，大部分的時間，都是靠著雅婷她的引線，然後父親時而像接龍、時而又像是接故事般，依循著她的提示，才能勉強拼湊出那些過往的印記。

「吼~妳看，厝角鳥仔（麻雀）都不怕人……」

隔沒幾分鐘，父親就又再度跳針，然後父女間先前的對話，接著又會開始輪番重演。

「老爸，你今天吃卡多，我們不要走太快，走卡慢一下，免得消化不良！」

「啊你哪會知道我今天吃卡多？我吃飯時你就在旁邊了嗎？啊我有吃什麼嗎？」

在外出漫步前的晚餐，除了機構的伙食外，雅婷經常還會幫父親特別準備熱騰騰的魚湯或水果之類，只不過，往往前一腳才踏出機構的大門，父親腸胃裡的東西尚且都來不及消化完畢，稍早前咀嚼的記憶，立馬便從他腦袋瓜裡「咻～」地，自動就被delete刪除了。

就這樣，慢慢地走著走著，無視於外頭街道上的人來熙攘，雅婷經常得配合父親短期記憶秒殺且無厘頭的腦袋瓜伺機行事，不論是循著往昔的記憶接龍、或是跟著父親的跳針咚吱咚吱，搞得她時不時被父親逗弄得捧腹大笑，父親同時也莞爾重溫舊時的回憶，這樣前前後後約莫二十到三十來分鐘的漫走，可說是父親在雙腳不靈活之後難得的餘興休閒，也是存在於她父女倆間，最珍貴開心的時刻！

可如今因著防疫的關係，無法和父親手牽手肩並肩漫走了。

雅婷只能被迫拿著手機隔著機構的落地窗，看著另一頭父親手持機構專用手機「偽視訊」的同時，他們常遇到同時段另一組視訊的奶奶，總是哭哭啼啼地隔窗向這一頭前來的女兒「喊話」！

「妳卡緊轉去（妳趕快回去），不要再來看我啦！」

外面的疫情來得突然，爺爺奶奶無法天天看見自己親人來訪略顯些許落寞之外，還好，機構裡的世界，看起來大致祥和寧靜依舊。不過，面對這個世紀大傳染病，看著報紙知悉或關心疫情的爺爺奶奶還是有的，而那位奶奶之所以哭哭啼啼，據悉，她以為女兒是冒著生命的危險前來看她的。

相較於該位奶奶過度的反應與擔憂，對於有事兩邊攤、其實根本就是「不問人間世事」的父親來說，顯然整個「不怕死」的狀況外。為了讓父親多少了解這波疫情不同流感的可怕，也希望父親能體諒她無法天天或入內陪他，每次「偽視訊」的時間，雅婷通常都會在帶去水果的袋子內，附上便條紙或短箋，將疫情大事報乎父親知曉，同時，也順便讓已不太看（翻）報的父親，動一動快生鏽的腦筋。

古錐的老爸：

因為「武漢肺炎」，每天都有人染病死了！聽說東京本來要辦奧運的，可能也會延期。現在世界上很多國家都「封城」、或停班停課了！台灣現在的疫情也越來越嚴重，所以，為了保護您們的安全，我們這段時間暫時不能進去陪您們，除了上班外，我們現在也不能到處趴趴走、或去人多的地方，因為我們也怕被傳染！您有空時可拿報紙來看看，或看看電視新聞就會知道。

雖然這陣子我不能帶您再出來散步走走，我還是會常帶水果過來給您吃喔！
每天有空記得到中庭曬曬太陽嘿！吃東西前或上完廁所後，記得用我給您的洗手乳（白色瓶裝）洗手！
看不到我的時候，別偷哭哩！😄
要記得勤洗手喔！（用洗手乳）

阿婷

「啊妳說那什麼『肺炎』的，有很多人死去？不過是『肺炎』而已，敢（難道）真正有那麼嚴重？」

「妳為什麼最近卡少來看我？我都會在窗口這邊等妳嘿！」

寫給父親的短箋，他看了恐怕也是秒忘的居多，然後每次一見雅婷的到來，父親就又孩子般地跟她撒嬌抱怨。

「老爸，啊你有用那罐抗菌洗手乳洗手嘸？」

「妳說什麼『乳』？」

「洗手乳啊！啊你嘛可以用房間外面吊放的那罐（酒精）隨時噴幾下喔！」
「最近我無法度天天過來看你，你可別哭喔！」
「我哪欲哭，袂曉（不會）躲在棉被內哭吼？」

看著父親像頑童般笑著回應，雅婷知道，他這段期間應該是沒事的，防疫期間，她既無法入內更別提走進房內查看，之前給他的那抗菌洗手乳，搞不好早就不知被他塞放到哪去了！

那張寫給父親的防疫短箋，還是在二〇二〇淡淡的三月天，所幸，最早的那宗護理師確診案例，最終工作人員採檢報告皆為陰性、住民們也都平安沒事而落幕，然後時經燠熱的酷暑，好不容易病毒也怕熱般，整個疫情總算稍微緩了下來，不論裡面的爺爺奶奶、或是雅婷和其他的家屬，那段難以傳遞感情的「偽視訊」日子，暫時都安然挺過了！

第一波台灣的防疫，確實守住了，沒有出現社區感染，於是，機構入內會客的禁令，終獲解除！只是，國外的疫情依舊嚴峻，國內的防疫還是不敢掉以輕心，雅婷她們這些家屬，還是回不到過去般、隨心所欲自如地進出機構陪伴，說是能會客，也只是又回到了幾個月前，預約且限時制的光景。

這下，讓有重聽的奶奶，終於不用再看著自己的親人隔窗傻笑，至少雅婷也不需再夾帶便條和父親解釋個半天，她又能面對面陪著父親聊一聊「大事」，而且還能看著他，在眼前吃下自己準備好的水果了，即使只能在那限定預約的小氣三十分鐘內，反正「無魚蝦嘛好」！

然後每次的預約會客中，一下子不是嗶嗶的催促聲、就是工作人員的提醒之下，「老爸，我下次再來看你喔，掰掰！」雅婷總是意猶未盡般依依不捨地目送父親的背影，接著換下批預約的家屬輪番面會。

「我看我爸都快站不起來了，為了防疫，先是禁止會客，現在就算能見面，還是不能肢體的接觸，好久都沒辦法像以前每次來，帶他起身甚至走走，我看疫情走了，我爸也變成不會走啦……」某位爺爺的女兒無奈地抱怨。

疫情當前，很多事都無法兩全或面面俱到，誰都不希望任何一個閃失，擦槍走火讓機構內發生群聚的感染。

在台灣是如此，其他國家如鄰近的日本，在緊急的宣言拉開警報後，為確保「三密（密閉、密集、密接）」防疫，比起台灣更早邁入高齡社會的他們，就曾出現過好幾起機構的群聚感染，當然相關的居家服務，也緊急喊卡，對於保得住老人家的性命、可能卻顧不了他們四肢如常的復健，不單是國內、鄰近的日本，同樣發出兩難的聲音。

防堵疫情擴散、確保大家免於感染的同時，當然大家的肚皮民生也必須兼顧，較之日本開始打出「Go to trip」、「Go to eat」等振興方案，更早前國內便開始發放了三倍券、以及安心旅遊的補助。

於是，在前疫情時期，大家忙著如何放大三倍券、嘗試「報復性」旅遊時，每個人幾乎無不絞盡腦汁想盡辦法，將這些紙券點換成現金，換取任何形式的消費。

倘若那些三倍券，也能拿來換取無法天天陪伴長輩或親人的全部時間或加倍的「扣達」，不知該有多好？曾經，雅婷心中浮現過這樣的念頭。

這波疫情下來，不知是否被「制約」的關係？抑或是久了習慣成自然？防疫的這段期間，原本擔心父親會因天天看不到她，心情被迫「凍結」而有所鬱悶，沒想到意外地，父親比雅婷想像中還處之泰然。

每次在父女面對面的預約時段，短短的半個鐘頭裡，儘管雅婷父親嘴裡常說著水果吃不完，到最後卻照樣吃個精光，當看到父親又回到之前老古錐的模樣時，雅婷繃緊的心，總算寬了。

好幾個月前黃昏的漫走，因疫情的關係被迫按下的暫停鍵，究竟何時才能重新再度啟動？事到如今，也只能順其自然了！而那位曾經哭哭啼啼擔心女兒冒著生命危險趕來看她的奶奶，隨著改為預約會客後，眼前得以目睹健康的女兒前來看她時，終於，也露出了安心的笑靨！

所以不要為明天憂慮，因為明天自有明天的憂慮，一天的難處一天當就夠了。

——馬太福音6:34

【來個特寫鏡頭吧】

在街道漫走時，父親的那隻大手，始終緊緊地和雅婷的小手十指交扣不放，從後面望去的那雙背影，看起來宛如一對熱戀中的情侶，誰說他們不是一對戀人呢？是的，他們曾經是，而且就在前世、甚至好幾世。

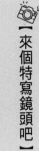

第二話　糖霜丸

從前從前有位父親，從不把愛放嘴邊，對於他「糖霜丸」的疼愛，卻是用另一種形式表現出來，之於全新腳踏車的「小黃」、第一支鋼筆是如此，那本日記範本，又何嘗不是如此。

曾經有個廣告，內容主打的賣點是什麼？已不復記憶了，但，影片中出現的父親，讓雅婷至今印象深刻！

她依稀記得，廣告裡的父親，匆忙跑到學校低年級的教室，打算去找他孩子卻苦尋無人，結果，鏡頭轉向另一邊高年級教室的樓上，孩子不停地朝他這邊猛揮手喊叫，此刻他才驚覺，原來，記憶中一直停留在國小低年級階段的孩子，殊不知早已是高年級生了！

在現實生活裡，雅婷的父親，簡直就像是廣告中那位天才父親的翻版。

身為長子且從小失怙的父親，很早就得扛起比實際年齡擔負的諸多家責重任。

年幼時的雅婷，在跟阿嬤一起睡的房間內，牆上貼滿盡是父親兒時光榮的獎狀，天資聰穎的父親，小時成績相當優異，無奈，因著單親家庭困頓拮据的生活，也好讓下面的弟妹得以受教育，他早早就被迫投入幫忙生計，學歷欄裡僅能孤單留下「國小畢」三個字。然後，大概也是考量添增家中一份人力吧？在他尚未服役前，便經由媒妁之言，娶了同樣自幼失怙的母親。

於是，在父親都尚未準備好當爸爸的年代，早在他當兵時，雅婷的大姊雅雲，就呱呱落地了！然後，在結束兵役返家後沒多久，父親便開始沒日沒夜胼手胝足的日子，而身為長媳的母親，從一嫁過來開始，簡直像極二十四小時全年無休的家政婦般，著實也吃足了不少苦。

在國家經濟正起飛、家中猶仍兵荒馬亂的那個年代，白手起家忙著拼經濟的父親，「顧肚子再說」，平常抱枕頭大睡的時間都嫌不夠了，哪有空出來的手抱女兒？對於孩子的教育，與其說是太放心或粗心，毋寧說是沒時間去操心吧？

於是，當年大姊雅雲都要考五專了，外表的身高始終像是忘了往上攀升，看在父親的眼裡，好幾年也都糊裡糊塗地過去，腦內的記憶體從不記得更新，依然存留在她還念國小的階段。直到大姊雅雲和同學相偕從考場應試返家，父親大人才恍然大悟，什麼時候自己的大女兒，早已揮別稚幼的年紀、已然來到「轉大人」的青春期了！

「在妳還小時，老爸老媽忙，我都得像保母一樣，揹著哄騙妳這小娃娃，本來國小剛開始時，我座位都是排在最後面的，後來越坐越前面，結果到國中和五專時，就永遠只能坐在最前排的位置了，都嘛是因為揹妳揹到發育不良！」

「我以前動不動常被老爸責罵，特別是在他午睡時，只要我在外面稍微有聲響一吵到他，當下絕對被叫去罰跪呢！」

大她十多歲的大姊雅雲，以前經常跟雅婷半玩笑半抱怨。

直到在大姊雅雲都上了國中，母親口中常說的「豬尾囡仔（老么）」雅婷，才終於姍姍來遲報到。

「哪會又閣是查某囡仔（怎麼又是個女的）？」

儘管重男輕女的阿嬤，苦盼「查晡（男）孫」的希望再次落空，不過，也許是雅婷誕生報到的時間來得巧，彼時剛好父親的事業也趨於穩定，加上她從小就體弱多病，終於引來了父親大人的關注。

同樣身為女兒，作為大姊的雅雲，彷彿注定經常換來被訐罵的份，而雅婷，生來就像是父母的「糖霜丸」[1]般，這輩子至今甚少被責罵過，更別提被罰跪了。如果說「女兒是父親的前世情人」，大姊雅雲，大概是父親上輩子「緣淺」的情人，而雅婷肯定是父親前世情人中，最對盤且鍾愛的吧？所以，雅婷和父親，兩人從前世沒用完的感情「扣達」，才會keep延

[1] 糖霜丸，台語用詞，心肝寶貝，通常用來形容家裡最受寵愛的小孩子。

續到今世的父女情誼。

在雅婷尚未出生時，父親嘗試做過許多生意，直到雅婷出生後，其中「箍桶仔」[2]的生意，曾經持續經營好一段時日。

雅婷以前常聽家人提起，在她還年幼時，父母親為了在市場的「箍桶仔」生意，經常把「糖霜丸」的她，隨時帶在身邊。每次母親在菜市場邊，得幫忙「箍桶仔」的雇工打點現做伙食，聽母親說，那時的父親，只管叉著腰、「出一張嘴」統籌指揮。父母忙得雙手不可開交，於是，雅婷只得暫時被擺放在旁邊，他倆眼睛所及、空出來的豬肉攤販桌子上頭。

「老爸，聽說我細漢（幼小）的時候，你們都把我放在菜市場的豬肉販上，害我的臉讓蒼蠅沾過來沾過去喔？是說哪有這麼乖的囡仔啊……」

每次和父親從機構出來漫走散步，只要雅婷一提起這段「箍桶仔」的往事時，父親通常眼睛都會為之一亮，而且很快就能接上線，然後就跟著她，一起跌入那段甘苦的時空，邊回憶邊哈哈大笑起來。那是包括大姊等全家人都知道、唯獨她不曾有過印象的，稚幼時期的記趣。

不過，在雅婷的記憶裡，時常讓她難以忘懷地，卻是那段兒時坐在父親機車上，一起「追風」的幸福美好時光。

2 聽說以前市場用來盛裝大批蔬果的，大都是手工製的大木桶，而非現在塑膠製的大籃子。雅婷父親當年曾為了迎合批發商的需求，便在菜市場就地，請工人手工現做，圈製大木桶的生意。

那是早期父親必須東奔西跑到處收帳、而且家中第一台四輪房車尚未出現前的年代。父親僅能騎著兩輪的機車，然後把她夾在他和母親中間，就這麼仨人一車，風塵僕僕地，有時遠赴屏東、甚至台東收帳。那時候大概雅婷尚幼小，所以，還可以夾擠在機車上的父母中間吧？當然，更像是理所當然地，就因她是「糖霜丸」，才能有機會跟隨父母，走到哪被帶到哪吧？

那段三人共騎機車的歲月，說是「追風」，其實有點過於美化浪漫了，事實上，當年鋪著柏油依然少見的路上，屢次的坑坑洞洞，總是把機車上三人的大小屁股「凸」到都快發麻了，甚且，往往無法一天往返時，三人還得被迫夜宿他鄉。然而，時至今日，那段機車的「三明治」經驗，不單是讓雅婷記憶猶新，只要一提起，猶然看得到母親嘴角上揚的幸福。

後來，雅婷開始接受教育了，可父親依舊忙碌，母親打點家務的手似乎也沒停過，於是，雅婷打從學齡前開始，沒有父母親的接送，便學會能夠和住在隔壁的堂哥一起走路到幼稚園上學去了。甚且，直到雅婷小學新生報到時，當天帶她前往學校的人，既不是父親也不是母親，而是大她十來歲的大姊雅雲。

儘管如此，相較於大姊口中的「放牛吃草」，父親對其教育上的沒時間聞問，直到雅婷上了小學後，父親儼然才正式初為人父般，在她的教育上注入了多一點的操心。

早期市面上曾流行販售一種保護教科書的塑膠透明書套，不過，雅婷家從未特地買來使用過，因為，每次開學發新書時，雅婷父親都會親手裁剪牛皮紙，幫她的每一本新書「包書」，讓新的教科書外面多了一層保護的作用，然後在每一本完成的「包書」正面上，還一筆一畫地，親自寫下《國語》、《數學》等教科書的書名。

當雅婷開始認得字了，有一天，父親居然心血來潮，不知打從哪弄來了《李愛梅的日記》，送給了雅婷，那是她識字以來的第一本課外讀物吧？之後有好幾次，父親還會拿出當兵時所寫的日記，並隨手翻開已見斑駁的頁面，「秀」讀幾篇給她聽。那是在如何親暱的關係下，才捨得將視為個人隱私的日記拿出來分享？雅婷再次發現，自己在父親心中佔有的份量。

隨著家裡的經濟上軌道，有一年，父親從外頭搬回了四個大木箱（四聲道音響），之後，在他下班回家等吃晚餐前，偶而便信手將磁針輕輕點放在黑膠唱片上，接著，透過那四個大音箱，就會傳來略帶哀愁的輕音樂，那是對於二〇年代出生的父親，再療癒不過的時刻吧？不過，大部分的時間，當時已唸讀專科的大姊雅雲，經常扮演著家中的音樂DJ，彼時紅透天的卡本特（Carpenters）木匠兄妹樂團的〈昨日重現〉（Yesterday Once More）、或是披頭四（The Beatles）樂團〈讓它去〉（Let it be）的歌聲，總是環繞家中的整個客廳。經過長時間的耳濡目染之下，還不會ABC的雅婷，就算不知歌詞裡到底唱著什麼，嘴巴卻早已學會跟著哼唱〈嘿，朱迪〉（Hey Jude）、〈世界之頂〉（Top of the word）了！

較之大姊雅雲，雅婷或許顯得多一點的聰慧或資質吧？加上冥冥中多了父親的特別關注，曾幾何時，原本貼在阿嬤房內父親年幼的斑駁獎狀，早已被雅婷琳瑯滿目的獎狀給替換了！

「啊這次考第幾名？」

小學時期每次雅婷帶回獎狀時，通常父親都會意思問一下。

在雅婷還小三時，有一回原本不是第一、也穩拿第二名次的她，卻掉到了第三名，偏偏在說好全家要到屏東玩的前一天，月考成績公布了，父親罕見像吃錯藥似地動怒。

「我看明天我們去佳洛水玩時，妳規氣（乾脆）就去跪在那邊的大石頭上好了！」

結果，嚇得雅婷逕自躲到廁所內啜泣，遲遲不敢出來。

不過，事後隔天的屏東之行，相對於雅婷的耿耿於懷，父親大人早已將罰跪在石塊上的事，拋擲到雲霄外了。

後來有一天，父親突然又心血來潮對著雅婷說：

「阿婷，下次的月考，妳如果再考回第一名，看妳愛啥，我都買給妳！」

「真的喔？那……，我要腳踏車！」

當時連騎都還不會，不知為何「肖想」腳踏車已久的雅婷，也很敢地就脫口跟父親要了！

「重賞之下必有勇夫」，結果那之後的月考，雅婷果真又考回了第一名，父親也信守承諾，從腳踏車行牽回了一台小型、且可調整座椅高度的「小黃」送給她。

這輩子從不記得女兒生日、也沒給過大姊或雅婷任何生日禮物的父親，居然在當時很多大人都還常以腳踏車代步的年代，願意砸下那筆錢，買來全新黃色的小型腳踏車，只為她一次小小月考的犒賞！

在接過「小黃」的重賞後沒多久，約莫是雅婷小四的時候吧？當然也不是什麼慶生或特別名堂，可她做夢完全沒想過，有一天，她又從父親那裡，意外獲得人生的第一支鋼筆！

聽說父親年輕時，曾練就一手好書法，可他從未要求過她，也要跟著握拿毛筆寫字，這回父親不知打哪來的突發奇想，光是那握拿的尺寸，看得出是專為小朋友設計的小型鋼筆，「妳可以看著這上面的，練習寫寫看」，而且父親還出乎意料地，貼心附上買來臨摹鋼筆字書的範本給她。

自從父親手裡接獲人生的第一支鋼筆後，有一段時間，放學後或假日裡，雅婷真的什麼事都不做，也完全不去想趕快學會騎腳踏車，好駕馭被冷落了的「小黃」，更無視大姊撿到便宜似地，搶著身騎著她的「小黃」到處溜達，雅婷經常會乖乖地坐在書桌前，自顧自地臨摹範本認真練起鋼筆字來。而給過鋼筆和範本之後的父親，又回到「放牛吃草」的景況，全然不過問任何鋼筆練字的事。

一直到雅婷國小畢業，當她拿到「議長獎」，看著被刻下紀念文字的唯一獎品鋼筆時，她方才明白，原來，鋼筆這玩意兒，在當時所賦予的珍貴意義及其價值。

或許是拜那時候的運筆練習之賜吧？讓日後的雅婷練就了工整漂亮的字跡，上了國中後，總是被老師抓去刻鋼板，就連高中時期，也常被指派代替老師上黑板抄寫課堂講義，乃至上了大學，課餘時間，還不時被教官抓去代寫文書資料。

如果不是欠栽培，雅婷深信身為長子的父親，這一生所扮演的，絕對不會只是區區老闆的角色。

父母親年幼都因家境困頓書讀得少，認真說來，他們大概不懂、也不知道如何去鞭策孩子的功課吧？不過，在家裡經濟有了一定基礎後，她相信，那些來自父親的禮物，很多甚至之於大姊從未有過的禮遇，絕對不是單純的只是突發奇想，而是從不把愛放嘴邊的父親，以另一種形式對她這「糖霜丸」的疼愛，那本《李愛梅日記》是如此，那一台全新腳踏車的「小黃」、以及那支鋼筆亦是皆然。

後來家中出現過的小朋友《國語日報》，以及伴她高中三年的《幼獅少年》等月刊，只要雅婷說得出口的，父親大抵都能讓她如願以償。此外，在那尚未有網路購書、甚至實體書店還不普及的年代，雅婷早已學會習慣抄下從報紙刊登的書刊廣告，然後透過郵局的劃撥買書，向來她只管使出「伸手牌」，父親這頭便像吐鈔機般自動掏出「孫中山」來，剩下的就是她自己的事了。

後來，在雅婷的求學路上，父親也完全不當一回事，沒想到，當雅婷穿著學士服、告別大學生涯的那天，竟甘之如飴風塵僕僕地，搭著好幾小時的「自強號」前來觀禮，然後回程又匆匆忙忙地搭上飛機返家，雖然在長途的火車上，除了因時宜不對吃不到垂涎的「鐵路便當」而有所碎念外，對於將近一天的舟車勞頓，父親大人，絲毫沒有任何半句的怨言。那年，當她踏入社會成為正式的新鮮人時，她永遠記得、父親還特別送給她那只珍貴的SEKO（手錶）。

年幼懵懂時，重賞之下得到的「小黃」，好不容易趕在雅婷上國中通學時，才獲得小主人的青睞被派上用場，不過很快地，隨著發育中的雅婷，改騎家中大人型的腳踏車後，「小黃」的下場，終究還是落得被送往中古車行的命運！告別了生平的第一輛「車」，直到雅婷踏入社會、取得駕照了，同時她也體會到賺錢的不容易，不能再像兒時的予取予求，殊不知，就在她即將正式上路前的某一天，父親又帶著她前往車廠下單了。

就像雅婷所了解的父親，向來走的是務實派，從來就不懂什麼花俏的或甜言蜜語，然而從小到大，在她的印象中，父親一直都是她的倚靠，不論是物質上的供應，還是心靈上的支柱。

從小她似乎就知道，就算天色變暗，到頭來一定會有人點燈幫她照亮；哪天要是下雨了，她儘管躲進大樹下，就不會被淋濕，因為她明白，父親就像是那棵大樹般，而且一直都在，就在她的內心深處裡！

【來個特寫鏡頭吧】

雅婷父親翻開泛黃的日記，手指著快要看不清楚的字跡，目光炯炯地一個字一個字將記憶唸了出來，「民國〇〇年〇月〇日，我……」。

第三話　心中的大樹倒了下來

「那當時我若是照常逆向騎，就不會發生代誌啊……」。意外總是搶在明天出現，在毫無心理準備之下，雅婷一家，不得不跟著走一步算一步、開啟迎接父親的長照生活。

「我身軀攏無半仙呢！」

有天雅婷去機構陪父親時，他抱怨說著，身上沒有半毛錢。

「老爸，卡早阿嬤在時，她嘛是時常叫說身軀沒錢，後來你就給她玩具紙鈔，想不到她真的拿去中藥店，買她最愛的巴蔘和高麗（人蔘），結果被老闆說那紙票是假的不能用，你還記得嗎？」

雅婷的阿嬤，約莫在離世前的一年左右，腦筋開始逐漸退化失智，記性不好、也常搞不清狀況，即便如此，老人家口袋裡，總是要放幾個錢兩才能圖個心安。只是，給了阿嬤的錢，搞到最後，往往丟三忘四也就不見了，其實那時候阿嬤已經不太出門買東西了，頂多就是去中藥行買些巴蔘或人蔘，雅婷記得阿嬤在世時，養生靠的就是這味，長大後睡在隔壁房的她，相當清楚，阿嬤每晚睡前必喝人參的習慣。

為了應付阿嬤三不五時的喊沒錢，有一天雅婷父親想到了妙招，準備了一些玩具紙鈔充數，想說，橫豎阿嬤也不識字，只要能讓她心安就是！不料，老人家逕自拿著那（玩具）鈔票，歡天喜地去買她睡前的最愛，結果，就被熟識的中藥行老闆給「打槍」了！

「是按怎（為何）中藥店說這錢是假的，不能用？」

聽了阿嬤的告狀後，父親趕緊跑去跟那中藥行老闆說明，並和他套好招，等下回阿嬤再去「補貨」時，委請老闆配合她老人家演一齣，再知會父親去結帳。可惜後來，阿嬤退化的情形每況愈下，連情商中藥老闆「友情演出」的機會都沒，阿嬤就再也足不出戶了！

事實上，阿嬤健忘的情況早就有跡可循了，同樣的事重複一說再說，三番兩次「老番顛」，於是父親「超前部署」，曾特地幫她準備了「愛的手鍊」，以防哪天，萬一她自己走出門不知道路回家。後來，隨著阿嬤的狀況日漸退化，父親便開始考慮，著手申請外籍看護。在那個申請外籍看護還非常不容易的年代，為了能夠順利申請，父親在帶阿嬤去接受醫師檢測前，還千交代萬交代阿嬤，在醫生面前要記得「裝傻」。

「醫生若問妳叫做什麼名字？住在哪裡？或是問我是妳的誰時？妳都要說袂記（忘記）了，假仙不知喔！」

後來即使阿嬤諸事看似明顯「掉漆」，其實，一直到她過世前，大抵都還只是微失智的階段吧？

印象中，同樣的事阿嬤雖然會一直倒帶重複，不過「老番顛」的最高紀錄，充其量，僅限於對陌生的外籍看護的忽冷忽熱，大白天老人家腦筋還清楚時，看著家中的印尼「小姐」，都還會憐惜她年紀輕輕，就越洋離鄉出來討工作，可一到晚上，瞬間就變臉，指罵房內哪來這講話都不通的「歐巴桑」！看護陪伺在旁時，身軀已略顯佝僂的阿嬤，行動稍較緩慢之外，倒還用不上輪椅，甚至一次因大便不小心滲漏，而特地買來備用的紙尿片，直到她臨終前，因不再發生過任何失禁情事，最後都沒機會再被派上用場。

記得阿嬤要離開的前一個禮拜，她便開始沒了食慾且變得嗜睡，然後在看護約聘的一週年未滿的一個夜半，彷彿要提醒身旁的看護說「她要走了」，響了一陣的斷氣聲後，以九十多的高齡自然善終。

阿嬤生前既沒有任何疾患纏身，最終純然地衰退老去，勉強說來，算是雅婷家初始的長照記憶吧？不過，在這段短短不到一年的長照日子裡，像這樣一個外來的年輕陌生女子，和家人朝夕的相處，也讓母親日後，對於外籍看護有了某種程度上的排斥與芥蒂吧？

「明天和意外，不知哪個會先出現」，每個人都要經歷的老病死，沒人可以精準地預料。結果在距今的幾年前，意外就先應驗在雅婷自己的身上，「七少年八少年，身體竟然比我卡歹」！當時父親半揶揄的笑嘆，猶然還在耳際，誰也想不到，等雅婷好不容易結束了那場大病治療，才剛返回工作崗位沒多久，迎接父親的另一場意外，便接踵而來！

就這樣猝不及防地，雅婷心中的這棵大樹，毫無預警地倒了下來！

誠如袁瓊瓊在她書中提過的，「有父親在身邊，像有棵大樹或靠山，天生會讓人有種仰仗」。

從小到大，父親就像是雅婷心中的那棵大樹，即便大學畢業踏入社會，好歹她也算是一個獨立的人了，不過，哪天真要是天塌下來了，她照樣能老神在在「靠勢」，因為她天真地以為，有父親在身邊、隨時都能讓她仰仗！

直到那天，看著硬漢的父親，經過開腦手術後被送至加護病房，身上連接著好幾根管路時，好幾次她強忍著淚水，因為，她不得不看清事實，就算是請來超強的大衛魔術師幫忙，自己心中的這顆大樹，就是倒了，昔日屹立不搖的景致，也無法再變回來了！

「啊我到底是看幾號？等幾哺（等半天），是要等到什麼時候？」

那是父親車禍開刀出院後、身體好不容易逐漸恢復的某次回診，雅婷陪著他在醫院候診時，本來就性急的父親，顯得相當不耐煩。

「八號，再兩號就輪到你啦！」

「啊我到底是要看什麼？醫生姓啥？」父親彷彿像是來陪診的，完全狀況外。

「醫生姓〇，你是來看腦神經外科，啊你頭殼的手術，就是他開的啊！」
「啊我頭殼有開過刀喔？」
「嘿呀，你因為車禍腦出血，所以頭殼開過刀，爸，你頭殼上面是不是有一道疤痕？你摸看麥（你摸摸看）。」
「真的呢！我頭殼上有摸到疤痕。」父親這才恍然大悟般。
沒多久，當看到門診燈換跳到8時，父親趕緊從輪椅作勢要站起來。
「我想要『踢正步』進去！啊我就要跟醫生說……」
「爸，不行耶，你要『踢正步』進去有點危險，還是我推你坐輪椅進去卡安全！」在半推半就下，最後，父親才答應乖乖坐著輪椅進診間。
「阿伯您好！最近身體有卡好嘸？」主治醫師一看到父親笑著問說。
「……，你好。」原本說要跟醫師講什麼的父親，頓時卻語塞靦腆了起來。
「爸，你不是說要『踢正步』給醫生看？」
「對吼！」
「阿伯，嘛好，麻煩您起來走幾步，給我看看好不好？」醫生也被逗笑了。
於是父親急著起身，想秀一下他勤於做復健的結果，接著相當得意地走了幾步，走著走著身子竟傾斜了，醫生趕緊扶他一把後，讓他坐回輪椅。

「阿伯，今天是民國幾年？拜幾（星期幾）？」主治醫師接著問他。

「吼～我袂記（不記得）今天是拜幾了，攏袂記啦。」父親不好意思地笑著。

「阿伯，那我再問您，3加5多少？」

「8。」

「4加7咧？」

「11。」

「11加10咧？」

「11加10……，12啦！」

「阿伯，您再算一次看麥？」

「2……，21啦！」

「好，不錯喔！阿伯，我派您作業好不好？您轉去（回去）若有代誌（事情），您就把它寫下來，下次回診時，再讓我看，好不好？」

「吼？好啦好啦！」

結果，一踏出診間，父親隨即便忘了和醫師的作業約定。之後，雅婷三不五時想到，就會問一下父親：

「老爸，啊你有寫醫生派的作業嘸？」

「啊我什麼時候去看醫生了？醫生有叫我寫啥作業？唉，我才不要用精神動腦筋咧！」

難道是大腦開過刀的後遺症？雅婷父親變得越來越不想做「動腦筋」的事了，例如，看報紙原是他日常例行的習慣，可現在的他，從一開始偶而地翻翻，到後來的有看沒有懂，最後索性連拿起報紙好像都嫌麻煩，乾脆就省了！

「那當時我若是照常逆向騎，就不會發生代誌啊……」

父親剛出院時，偶而從他口中還會跳出這樣的懊惱，車禍意外的記憶，一時間，似乎還零碎殘留在他出過血的腦袋瓜裡。不過很快地，他就全然忘了自己出過車禍、甚至開過刀的事了。

「是按怎（為何）我會住在這裡？」

「因為你出過車禍，腦出血，還開過刀，你摸看麥你的頭殼是不是有個疤？然後你出院前，醫生交代上好（最好）二十四小時有人陪在你身旁，萬一，不小心有可能又腦出血的話，你就必須再開刀，後來，病院護理站有提供資料給我們，所以才帶你過來這邊住，這樣就有人可以幫忙照顧你。」

「妳說我有開過腦？有這麼嚴重喔？我頭殼這邊，真的有個疤呢！」父親邊狐疑、然後再度摸著頭上開刀過的疤痕說著。

「你住進來彼當時，就已經坐輪椅，還吊著鼻胃管哩！」

「真的喔？」

對於自己曾歷經大劫難，遲遲還不敢置信的父親，不料沒幾秒後，這段對話，很快地就又被他腦中的橡皮擦，擦得一乾二淨了！

「啊我身軀攏無半仙！」父親又開始倒帶了。

雅婷阿嬤過世的二十多年後，就在父親生日前的某一天，一場突如其來的車禍，將他後半人生的調色盤全打翻了，原本身體堪稱硬朗、向來精明細算的他，腦袋瓜也就提前跟著轉彎短路了，更糟的是，從此之後，他注定得與輪椅形影不離。

就這樣，意外搶在明天先出現了，雅婷一家誰也沒料到，在毫無任何的心理準備之下，不得不跟著走一步算一步、開啟迎接父親的長照生活！

【來個特寫鏡頭吧】

雅婷父親完全靠自己、很努力地將腳抬起落下，跨出一步後，然後接著繼續再將腳抬起落下，認真地展現他的「踢正步」，雖說無法跟閱兵大典國軍的「踢正步」相比擬，一心只想在醫師前表現出一百分的他，那古錐的模樣，完全展露無遺……。

第四話　伴手禮

蓋早蓋早以前，有位飛來飛去經商的父親，彷彿「中蠱」般，經常從國外爆買了各式的油畫，說穿了，那些不過就是和台灣田園景致沒兩樣的素人畫作罷了，他要不是被騙了、大概就是中了大樂透有錢沒處花，才會不嫌麻煩特地飄洋過海、帶回來瘋狂裱做吧？

在雅婷學齡前，父親總有收不完的帳，然後趁機才有她和父母三個嘟嘟好的機車「追風」之旅。

等到她上小學後，父親的事業漸趨騰達，那段「歐兜邁」三人行的日子早已不復見，因為，父親開始三不五時轉向中部的出差。每次從台中出差返家，他都不忘帶著伴手禮，像是當地特有的太陽餅、或其他好吃的糕點回來。既然無法再黏在父親的機車上繞著到處跑，取而代之有了伴手禮的期待，對於父親三天兩頭不在家的日子，雅婷也就逐漸習以為常了。

後來，父親洽及的生意，不再侷限國內，版圖漸次擴展到東南亞的海外，於是，父親不在家的日子，豈止是兩頭三天而已，有時候就像是「空中飛人」般，好不容易才飛回來沒多久，就又看他提著行李箱，搭機出去了！

因著事業洽商的關係，雅婷父親得以搭著飛機東南亞到處趴趴走，對於悶在家中，每天只能接觸油米柴鹽的雅婷母親而言，想必既羨慕又嫉妒吧？等到政府一開放國人的出國觀光，母親也趕搭上首波的熱潮，拿著生平的第一本觀光護照，帶著既期待又興奮的心情，和鄰居便揪團出國旅遊去了。

孰知，母親前一腳才剛踏出門，雅婷父親明明沒有出差，卻不知打哪弄來活脫脫真人版的「伴手禮」回家了，而且還是，年輕的妙齡女子！

那時雅婷剛上國中，平常的午餐，都是由母親親手料理，然後送到學校拿到她手中。那天母親興沖沖急著出國觀光，可能也沒特別去想到，她不在的那幾天，雅婷的午餐將如何著落，於是，父親破天荒地，竟偕同那位年輕女子，毫不避嫌地來到校門口，親自送上那女子親手烹煮的午餐給她，那是雅婷從小就學以來，父親第一次，來到她的校園。

雅婷勉強接過午餐，可心裡想著，這若是吃了，便等同跟著父親背叛了母親，顧不得學校福利社便當的衛生方面堪慮，那天，雅婷最後破例，只得買了個便當囫圇吞下肚，放學後，帶著碎了的玻璃心，將那陌生女子的手作午餐，原封不動地拿回家。

繼拒吃手作午餐後，那女子依舊賴在她家，對於那位看起來跟大姊年紀沒差幾歲的女子，雅婷可沒正眼瞧過她，當然，同樣地，她也不願給父親好臉色看，那算是身為「糖霜丸」的她，生平第一次和父親翻臉的正面對決！

「阿婷，妳要不要跟她學電子琴？」

父親要不是裝傻、便是想緩和尷尬的場面吧？

原來，那段中部的出差期間，父親經常陪著客戶到處應酬流連，於是有機會，認識了在餐廳彈電子琴的年輕女子。

還好，在母親尚未返國前，那位女子終究鼻子一摸，便識相地離開了！不過，雅婷跟父親的「冷戰」，在那之後，卻持續好一段時日才結束。幾年後，聽說那位彈電子琴的年輕小姐，總算「從良」，嫁作別家商人婦了，父親的這段「黑歷史」，才正式劃下休止符。

自從父親的出差，移轉到國外後，好幾次雅婷不經意地，看著他在房內整理出國行囊，「我要出國囉」！父親率性地丟過這句話後，隨即便旋風似地說去就去，當再度看到他出現在家時，便是他出差返回的歸來，關於歸國的時辰，父親似乎鮮少事前會透露。難怪記憶中，對於父親的行蹤，母親總是少不了揶揄碎念，「出去就好像拍毋見（不見），回來就像撿到的」。

不過，即使雅婷父親出差的行程，改走國外路線了，依舊不改他過去出差返家帶回「伴手禮」的習慣。

每次他都像是聖誕老公公帶回禮物般，那些零零總總，充滿異國風味的「お土産」（omiyage）[1]，對於當時從未出過國的雅婷而言，既好奇又新鮮。而且，父親納入「伴手禮」的口袋名單中，不再僅限吃的，舉凡衣食或其他日常用品、乃至在國內少見的千奇百怪物品，都曾經被裝入「聖誕老公公」的禮物袋裡。其中，在異國堪稱萬靈丹的藥膏藥品，還曾被父親視作萬中之一選，像是一開始，父親帶回來的，有家人可能好久才用得上、甚且根本用不著的「虎標萬金油」；還有專治拉肚子有效的「武塔標行軍散」等，而且一次帶回就是好幾個的瓶瓶罐罐。

結束了藥膏藥品充當伴手禮之後，雅婷父親也帶回過一些特殊風味的零嘴。

後來，有一陣子，雅婷家中這位「聖誕老公公」，禮物的挑選突然改走文青風，於是，各式的造型筆啦、鉛筆盒之類的文具用品，甚至有一次，父親八成搞不清楚的狀況下，不管三七二十一，像是那種「反正整套集郵的郵票直接入袋帶回就對了」的感覺！就在那些林林總總的文具用品中，有把吸睛的玉米造型小刀，攜帶家用兩相宜，至今，仍讓雅婷愛不釋手。

父親到底是在什麼樣的情況下，用什麼樣的心情去挑選那些禮物呢？性急的他，有沒有可能在即將返國之際，情急便草草購入了事呢？或者，他也曾為了帶什麼禮物回家而絞盡過

1 伴手禮的日文。

腦汁呢？雅婷曾經想像，試著揣測著父親的心情。

那幾年父親前前後後越洋的出差，不下數十好幾回了，就算是「聖誕老公公」的附身，選到最後，想必收納「お土産」的口袋名單，也有腸枯思竭的時候吧？

後來不知從什麼時候開始，父親返國的行李箱裡，竟然，開始出現了女裝！

一直以來，雅婷和大姊身上所穿的衣物，都是出自母親親手的揀選，即使一同逛街時，父親也是只管買單，極少參與挑選的份，可沒想到，當他隻身在異國時，竟還能押對寶似地，陸續帶回雅婷姊妹倆、乃至母親合身的衣物。

不論如何，每次父親一打開行李箱時，雅婷的內心總是雀躍的，因為，不知父親又將帶回什麼樣的驚奇？她喜歡看著父親從行李箱中，一一掏出所有的「お土産」，然後擺放在床沿，讓她一次看個夠，「這個和這個要給妳的」！雅婷就等著這句話，不過，隨後通常也總是傳來母親的抱怨聲，「每次都黑白買這些哩哩扣扣（雜七雜八），無彩錢（浪費錢）！」

往後幾年，父親還曾經像「中蠱」一般，爆買了各式的油畫，那些看在雅婷眼裡，不過就是和台灣田園景致沒兩樣的素人畫作罷了，父親要不是被騙了、大概就是中了大樂透有錢沒處花，才讓他不嫌麻煩特地飄洋過海帶回來瘋狂裱做，在家裡擺飾不夠，甚至還買回來送給別人。這些眾多的油畫中，尤其還包括一幅畫作，後來險些釀成家庭大災難。

那幅畫中，一位看似東南亞籍的當地女子，僅著透明披紗且毫不遮羞地裸露了兩乳，父親當它是不可多得的藝術，精心特地請人裱做後，大刺刺地就掛飾在他和母親房內的牆上。

「無代無誌吊這款阿里不達（沒水準）的！無彩錢！」母親抗拒的話中，充滿著不屑。

「這叫做『藝術』，知嘸？毋捌字，兼無衛生（不識字兼沒衛生）！」父親還特別搬出「藝術」兩個字強調著。

時至今日，牆上掛著的那半裸女畫像，依舊流露出性感的面容，不過，對於雅婷母親而言，與其說早已疲乏到視而不見了，不如說是在她心中，此畫彷彿已不存在般，經久的習慣成了日常的自然。過去因這畫作曾經引起的軒然大波，尤其對於記憶開始走下坡的母親來說，自是隨之而了無痕，至於腦傷後的父親，當然就更不用說了。

至於當年，父親帶回年輕女子返家的那一幕，比雅婷大十來歲的大姊雅雲到底去哪了？

「有這件事嗎？該不會是妳在做夢吧？」大姊完全沒有任何印象。

也許，如同大姊所說的，終究那不過是，雅婷自己的一場惡夢罷了！

有人說，「回憶會帶來名叫憂愁的惡魔」，不過雅婷更相信，回憶當然也可以是呼叫幸福小天使的出現！走在陪伴父母的這條路上，雅婷希望製造出更多的歡樂，好讓將來的回憶時，要那位名叫憂愁的惡魔，永遠不會出現。

【來個特寫鏡頭吧】

「這叫做『藝術』，知嘸?毋捌字，兼沒衛生！」

雅婷父親說到「藝術」兩個字時，滿臉寫著自以為是，同時一雙炯炯發亮的眼神，簡直可以震懾殺死地上的螞蟻……。

吼～妳說那個「拳頭師」喔？他對我足「硬斗」，每次都把我操到半死，我才不要練那什麼拳頭咧……，我都跟他說我不要做！

第五話　團體寄宿的新生活

「這段住院期間，阿伯的情況感覺較穩定了，也許差不多明後天就可以出院了！因為阿伯最後還是決定不動刀，有的人可以自體吸收，也許腦內的血水就會慢慢消失，不過出院後一定要非常小心，避免阿伯跌倒或血壓飆漲，因為有可能因此造成腦內的血水增加，只要一跌倒或有狀況，大概就得動刀了。」

當初父親車禍被發現腦內出血時，因數據介在可開刀、可不開的曖昧臨界點，雅婷一家不捨他的年事已高，恐怕禁不起大腦手術，最後家人幫他決定，選擇不開刀。

雅婷父親車禍後第一時間被送進醫院，最後沒做任何手術，留院觀察數週的結果，極可能是腦內血水的作祟，加上在病床躺了太久的緣故，導致他一時之間重心失衡，變得無法走路了。後來，藉助院內復健師的指導下，父親勉強還能扶著助行器亦步亦趨，若要行動，輪椅卻成了不可或缺的仰賴工具，以後是否能恢復獨立走路，似乎都還是一段未知之路，豈料說時遲哪時快，主治醫師突然便發出上述出院的「逐客令」，頓時讓雅婷一家慌了，完全陷入不知如何是好的田地。

由於事出迫切，所幸透過醫院護理站提供的資訊，雅婷一家不得已，只能暫時先讓父親「轉銜」到機構去。如此一來，一方面讓父親能接續專業照護和行動的復健，另一方面雅婷家人也才有餘裕，好好思考接下來父親長期性的照護安排。

「我待在這裡根本就沒意思啊！啊妳們什麼時候才要把我帶回家？」

雅婷父親待在機構裡幾個月過去了，因著他的思鄉情切，再續住機構的話，就怕父親要崩潰了！

好不容易，雅婷家透過仲介，幸運地申請到一名外籍看護阿蒂。

然而，母親這邊，除了本身早患帕金森氏症自顧不暇外，最重要的是，昔日阿嬤離世前，母親與家中外籍看護間的嫌隙摩擦，種種的排斥感與不信任至今猶存，對於父親申請外籍看護一事，一開始她依舊抱持反對的立場。因此，不是申請到外籍看護上門了就沒事，雅婷一家還得面臨如何勸服母親這關，另外，父親若是回到透天厝的家裡，也得因應無障礙的環境，必須做適度地配置與修繕。

「我在家裡得爬上爬下，規氣（乾脆）我去住阿雲家好了！」

或許是一心只求能離開機構就好吧？有天，雅婷父親突然靈機一動，表示自己可以去離家不遠的大姊家借住。所幸，大姊雅雲和姊夫也都沒意見，於是雅婷一家便順水推舟，讓父親順利離開機構，然後在阿蒂的陪同下，一起前往大姊家住，偶而父親想家時，還能就近返老家坐坐，雅婷下班後，也能過去大姊家機動協助。

於是，從機構離開後，接下來父親看似OK的長照生活，就要正式拉開序幕了，豈料，事情全然沒有雅婷一家所想像地那麼單純順利，入住大姊家中一個多月後沒多久，父親就「脫序演出」了！

生性過動的父親，每天一早天未亮，大姊和看護阿蒂都尚未起床，早起習慣的他，便急著想往外跑，好幾次自顧自地起身都快跌個踉蹌。甚且，腦傷過的父親，像是變了個人似地，突然像個守財奴般，每次回到家中休息時，時不時趁機便回房拿起自己的存摺，然後一想到就坐著輪椅使喚著阿蒂，要她推他去銀行領錢，只要不順其意便發脾氣使性子，終至有一天，腦筋大跳針般，父親突然錯亂像瘋狗亂咬人似地，緊咬大姊欲私吞其財產，接著不按牌理出牌地，胡亂自導演出了一齣家庭的大鬧劇來！

在那場家庭大風暴後，沒想到，可怕的事情便不斷接踵而至，雅婷父親好不容易得以恢復慢慢行走的雙腳，漸漸變得不聽使喚了，有一天，甚至連站都出現困難，更駭人的是，一下子原本能言還會罵人的他，瞬間突然開始結巴，而後沒多久，急速地轉變成無法言語了。

始料未及的事還是發生了，原來，父親車禍後腦內的血水，非但沒被自體吸收，狀況反更直轉急下，雅婷家人緊急把父親送醫的當天，同時被迫收下病危的通知，繞了大半圈搞到最後的結果，父親終究還是逃不過必須動刀的命運，因為，彼時他腦內累積大量的血水，已經嚴重壓迫到語言區了！若不即刻動刀將血水引流出來，恐怕父親要不是變成植物人、要不很快就會默默走向那黃泉之路了。

最終，雅婷父親還是開了刀，躺進加護病房，然後慶幸如同醫師所說的，「阿伯的求生意志很強」，經過幾週後，父親掛著鼻胃管出院了。

歷經這一連串的事件，雅婷家人到底還是沒能讓阿蒂繼續留下，因為，對於手術前父親掀起的那場災難，無辜被波及的大姊還餘悸猶存，母親這邊也不想跟外籍看護同住，在如此進退兩難的狀態下，雅婷一家僅能走一步算一步，最後在父親出院時，不得不再度將他送往原先曾經熟悉的機構。

折騰一番後，一切又回到原點重新歸零，父親長照的團體新生活，於是，從那一刻起，重新在機構正式展開。

「爺爺今天又自己拔掉鼻胃管了！」

「我們今天開始嘗試讓爺爺吃粥看看哦！」

第二度出院前，雅婷父親身上所有的管子都被拔除了，唯獨鼻胃管還被留著，原本必須待下次回診時，由主治醫師評估後再親手摘除。不過，掛在鼻腔內的那條細長管子想必太礙眼了，且多出來的這條管子，相信放在誰的喉頭內都會不舒服吧？不但吞嚥困難，還得飽受時不時的抽痰之苦。此外，梗著這條管子，雅婷父親每每發出沙啞沒人聽得懂的聲音，更是叫他氣急敗壞，很多時候，氣到索性就不吭聲了！

看著父親吊著管子的模樣，雅婷自己既心疼也不好受，何況向來就不喜歡被拘束著的父親，鐵定更是吃不消，果然，哪能等到下次回診前讓醫師拿掉？父親終究忍無可忍，早就逕自將那條管子從自己的鼻子移除了！

一開始，雅婷父親往往趁人不注意時，自己就扯掉管子，一旦被機構裡的護理師發現，或是再度消毒、或是換上新的鼻胃管，然後立馬又會被裝了回去，接著過沒多久，很快就又被父親給扯掉了，就這樣好幾次你拔我裝的戲碼之後，有一次，他乾脆把鼻胃管直接給扔進垃圾桶裡，搞得護理師疲乏也累了，在護理師評估他吞嚥也有改善的狀況下，只好提前，幫忙解除這條不討喜的管子！

看到父親擺脫了那條管子後，雅婷著實也替他高興，畢竟不用再透過灌食，他終於可以恢復用自己的嘴巴，慢慢逐步正常地去品嚐食物的滋味了！同時，漸漸地，從父親嘴裡吐出來的，不再是沙啞混沌的聲音，當大家開始聽懂他所說的話後，父親一直鬱悶的心情，好不容易才豁然開朗。

「你們要常常來看我喔……」

雅婷父親二度入住機構的初期，本人自是百般地抗拒，以為雅婷和家人從此就要遺棄他了，另一方面，大姊雅雲這邊，一開始確實還有著「一朝被蛇咬，十年怕草繩」的後遺症，婉拒前往探視父親，直到他的狀況較趨於穩定後，好不容易雅雲偶而才會在白天過去看父親，雅婷則幾乎每天傍晚下班後，都會前往機構陪伴他。

「其實你們姊妹可以不用這麼辛苦每天都過來，之前爺爺住過這裡，對這環境還算熟悉，我們工作人員也都知道他了，就請放心交由我們來照料吧，你們偶而也是需要適度地休息。」有一天，機構內的資深工作人員，忍不住拍拍雅婷肩膀說。

「爸，你今天有跟復健師起來訓練走走嗎？」

「吼～妳說那個『拳頭師』喔？他對我足硬斗（他對我很嚴厲），每次都把我操到半死，我才不要練那什麼拳頭咧……，我都跟他說我不要做！」

父親入住機構的同時，也開始接受復健，復健師每次都得視他老人家的心情而定，遇到他心情好時，就鼓勵並陪他動一動做做復健，到底父親亟欲恢復走路的動機還是強烈的，多半他會巴結（認份）跟著被操做復健，不過碰到他心情不好或累了的時候，他就會任性地指著「拳頭師」亂罵一通。

「復健師，不好意思，聽說今天我老爸又罵你了？真是抱歉！所以他今天又沒做復健了嗎？」

「哈哈，我今天才剛要問妳爸做不做時，他就開罵了！說無代無誌練什麼拳頭？所以不好意思，今天最後只好先休兵囉。不過，我在這裡常被爺爺奶奶罵習慣了，有時候，甚至爺爺或奶奶還會對我動手呢！沒關係啦！」已能拿捏爺爺奶奶心情的復健師，一派輕鬆地說。

所幸，大部分的情況，雅婷父親還是會依著復健師的訓練課程循序漸進，從一開始在床上的運動，轉而自己慢慢從床上起身、乃至從輪椅站起來，然後或是藉由助行器行走，或是推著輪椅慢慢練習，有時高大的復健師，還會抓扶著父親瘦小的身軀，慢慢放手讓他緩走漸行，很多時候機構也會上傳父親接受復健時的影片給雅婷看，好讓她或大姊來陪他時，得以依循幾個復健的動作，加減協助父親做練習。

「以後他是否能百分百恢復正常說話，不敢保證」，記得父親出院前，主治醫師曾經語帶保留，不過誠如主治醫師說過的，「阿伯的求生意志很堅強」，果然，從小失怙吃過苦的父親，意志力算是無敵強韌的，因此，即使復健的過程辛苦，而且嘴裡雖口口聲聲臭罵著「拳頭師」，絕大部分的時候，雅婷父親的手腳，還是會乖乖地跟著「練拳頭」。

雅婷父親約莫四十歲時，才開始學會游泳，然後打從會游泳之後，管它春夏還是秋冬，始終都過著一早無泳不歡的生活。可是，四十年後的他，卻因一場車禍意外，不僅奪走了他人生僅有的樂趣和嗜好，還落得每天錙銖必較，雙腳跨出了多少步、或是在機構裡繞行幾圈路的地步，他應該做夢也沒想到吧？

「叭！叭！借過啦，怎麼都擋在路中央，你不會駛卡緊一下（稍微開快點）嗎？」

父親這輩子打從拿到駕照以來，每次開著他的轎車行駛在路上，總是嫌前面人家開車龜速，要不就是一輛接著一輛地猛超車，那場車禍意外前，即使八十高齡的他，仍是不改愛現他的寶刀未老！

如今，當他置身在舉目幾乎輪椅充斥的機構裡，自身操控輪椅「凸」著到處走的功夫，根本就是難不倒他，很快就駕馭自如了，只是，他性急的老毛病還是如故，每每前面遇到行動較緩慢的爺奶時，依然嫌東嫌西，就是看不慣人家的龜速！

雅婷父親因腦傷帶來失衡的後遺症，無法完全改善，固然已是不爭的事實，但他在即時且認真的復健之後，在機構內，至少也算是個行動「自由」的人了，不但練就可以獨自邊推輪椅邊走的功夫，甚至還可以暫時離開輪椅，短時間短距離自由地移動步行。經過幾把月的「急訓」後，父親總算是苦盡甘來，終於告別「練拳頭」的日子，無辜的「拳頭師」也不用再看他臉色、或動不動討挨罵的份了！

另一方面，隨著父親恢復得以正常與人交談後，也開始和其他住民有了新的互動，雅婷好幾次來到機構，很高興終於看到父親，偶而也會跟幾位爺爺奶奶哈拉、甚至「答喙鼓」（鬥嘴）了。

「她是阮查某囝啦，她現在在做老師。」

每次父親都像是想起了什麼似地，在跟那些爺奶話家常時，動不動經常不忘秀出女兒當老師的自家「金片」，興高采烈地就往自己的臉上這麼一貼，然後，就等著其他爺奶夥伴瞪大眼睛，對他露出一臉的欽羨。

眼見父親漸漸習慣機構裡的團體新生活，昔日他「膨風」愛臭屁的本性又出現了，只要不是過度吹噓，不論如何，他開心就好！雅婷心想。

【來個特寫鏡頭吧】

「叭！叭！借過啦，擋在路中喔，你不會駛卡緊一下嗎？」

雅婷父親說話的當下，滿臉的傲慢與不屑，他還以為自己是賽車手吧？如果說這不叫「囂俳」（hiau-pai）[1]，那什麼才叫做是「囂俳」呢？

1 台語用詞，形容人的行為舉止放肆傲慢。

第六話　那些年的新鮮事

古早古早以前，只要週末假日一到，有位父親就會開著車子，帶著全家大小，到市區大啖美食，與其說是為了滿足童年時期曾經困頓的缺憾，給自己的犒賞，毋寧說是急欲改善，和「糖霜丸」之間日漸冰凍的關係吧？

在那個尚未週休二日的年代，不論上班或上課的，都得先熬過週末的一個上半天，才能迎接週末下半天和週日真正的休假。

那時候當學生的雅婷，ㄍㄥ了好幾天也是會累的，好不容易等到週末上午的課結束，除了可以真正切換成大休息的模式之外，當然，她更期待的是，當時逢週末日、家裡幾乎必外食的朝聖機會。

當年父親的那場「伴手禮」風波，到底是夢或真都已不重要了，後來，父親還是繼續做他的一家之主，母親同樣是手持鍋碗瓢盆的家庭主婦，然而，對於青春期早來的叛逆，讓雅婷和父親之間開啟的冷戰，不但餘波蕩漾，至少還持續了好一陣子！

於是，雅婷父親，與其說是為了滿足童年時期曾經困頓的缺憾，而給自己的犒賞，毋寧說是急欲改善，和「糖霜丸」之間日漸冰凍的關係吧？忘了從何時開始，每逢週末華燈初上時，父親的一聲吆喝之下，母親不用再進廚房，全家坐上父親開的車子，便迎向通往市區的美食朝聖。

就這樣，幾乎週週美食當前、胃口不斷地被餵飽滿足的結果，說也奇怪，沒多久，雅婷很快便甘於願「吃」服輸，對於父親的心房也就順勢敞開，最後父女間自然而然便大和解了！

那是雅婷繼兒時仨人一車的追風之旅後，好久沒有的美好歲月，而且，這段記憶中，終於也有了大姊的存在。

唯一美中不足的是，從小體弱特別容易「掠兔仔（暈車）」的雅婷，在享受美食之前，通常都得先經歷過一番暈頭轉向的折騰。每次出門前，雅婷終於得以脫掉一週五天半的呆板制服，換上衣櫥裡難得亮相的漂亮衣裳，不過，母親早年習慣大把大把地將樟腦丸鋪天蓋地灑在衣櫥內的結果，讓雅婷只要一從櫃內抽出衣物著裝後，那令人作嘔的怪味，不僅僅只是撲鼻而已，簡直是澈底地「樟」味上身。也許正是這怪味的作祟，越發催出「掠兔仔」之魂，因此，每次家庭的聚餐，總是叫她又愛又恨。

「今晚想來點什麼？」

那時候的週末假日夜晚，如果父親口袋裡沒有特別的名單，一時也想不出吃什麼的話，雅婷一家，通常只要往日本料理店走就對了，當時街上打著日本料理招牌的店家或餐廳，還不似今天的到處林立，不過，日本料理，好幾次都算是雅婷全家外食的「定番」，難得在吃的這部分，家人是有志一同的。

另外，很多首次嚐鮮的好味道，多半也是從那時候開始有記憶的。像是將烤過的脆鴨，加上特殊的蔥醬，然後用餅皮包起來的北平烤鴨，曾叫雅婷有無敵驚艷的感動，彷彿第一次才領教到，所謂「細喙（sua`-tshui`）」[1]的好滋味！而生平初次和「生菜包蝦鬆」的邂逅，大概也是在那時候吧？宛如鄉巴佬一樣，原來，不是只有餅皮，菜葉也是可以把料理包起來吃的，雅婷再度從不同的料理中長了知識。如果當時就有臉書的話，她肯定會像吃貨般，週週都打卡上傳照片吧？

那時候，雅婷還是稚嫩的國中生，可大她十來歲的大姊，卻開始步入社會了，從唸書時代就交友廣闊的大姊，時不時會帶朋友到家裡來玩，男的女的都有。向來不管自己女兒的課業，也從不過問女兒交友狀況的父親，有一次，居然心血來潮，學起紅極一時的電視節目「我愛紅娘」，想幫大姊的朋友搭個「友誼的橋樑」！

1 涮嘴的台語，好吃順口，一口接一口的意思。

曾經，大姊的一位姐字輩朋友來到家中，正巧遇上父親在家，面對當時待字閨中、且工作小有成就的大姊「姐友」，也許是對方率性的個性，和父親難得相談甚歡，父親竟沒頭沒腦地問及人家的交友情形，完全不像他的作風。

「啊妳到現在都還沒有男朋友喔？」

「阿伯，我還沒有男朋友呢，您要幫我介紹嗎？」

「那有什麼問題！我幫妳介紹。」

如此你來我往一搭一唱地，雅婷以為，父親不過是一時興起或開開玩笑罷了，不料，在這之後沒多久，父親竟來真的，以聚餐之名，介紹他商場上的一位年輕輩朋友，就學起「我愛紅娘」的電視節目，說要幫大姊的「姐友」搭起「友誼的橋樑」了。聚餐的地點，還選在當時市區小有名氣的西餐廳，雅婷至今不曾忘記過。

一般來說，類似這樣的場合，合該男女主角雙方的出席，加上介紹人父親一人便足矣，演變到後來，多了個大姊的友情作陪，也就算了，沒想到，在大人眼裡還是蘿蔔頭一個的雅婷，最後也給臨陣插了花。主要是從未嚐過西餐的雅婷，一聽到大姊一行人將前往西餐廳，顯得極度地羨慕，加上那時候父親和她的關係尚在「修復」階段，負責作東的父親心想，反正也不差她一位，搞到最後，於是，原本不該出現在這場飯局裡的雅婷，到頭來卻順理成章地，成了女主角「親友團」的成員之一。

「我愛紅娘、紅娘愛我，為你（妳）搭起友誼的橋樑」，當時「我愛紅娘」節目主持人田文仲和沈春華的這句經典台詞，差點就從雅婷嘴裡脫口而出！

對於這場聚會，雅婷既期待又興奮的心情，顯然寫在臉上，甚且遠遠超過其中的男或女主角。

結果那天，雅婷一行人從日正當中吃到落日餘暉，整個場子鬧哄哄地，簡直像是久別重逢的老友聚會般，不論男女主角或其他配角，隨著各自的盤底朝天、曲終人散，俟男女主角踏出西餐廳後，聽說就沒了下文，可惜，父親有生以來初次的「紅娘」客串，最終，宣告失敗沒能成功。

不過，就當作是大家到西餐廳的品嚐美味吧，其實，誰也沒有任何的損失，尤其雅婷意外還成了最大的贏家，畢竟，難得有機會踏進西餐廳，光是桌上每人配備的大小刀叉等「機絲頭」，就足以讓她開了眼界，當然，透過前菜、麵包、湯品、主餐乃至最後的甜點飲料等美食的輪番催化下，更加滿足了雅婷對西餐的好奇與新鮮感，至於和父親之間關係修補的效益，自然就更不用分說了。

那是雅婷相當「吃得開」的美好歲月，讓她永遠也忘不了！

那段歡樂的日子，不單是充滿著和家人歡聚的美好，同時，也讓她經歷了人生不少難得的初體驗，其中，有生以來保齡球開打的小插曲，即使到今天，她都步入中年了，都還記憶猶新。

那是個夕陽西下，一如往常的週末，全家好整以暇準備出去外食，雅婷事先也早在肚臍上貼好了撒隆巴斯，好防止自己又在半路「掠兔仔」。貼撒隆巴斯的防暈車怪招，那次似乎見效了，一路上滑壘安全進入了市區，位在後座的她，方才暗自偷笑竊喜，不料，從副駕駛座那邊，卻傳來一聲慘叫！

「趕快停車！我頭好暈，快受不了，我快要吐出來了」！從不「掠兔仔」的母親，這下臉色竟完全慘白！

雅婷父親趕緊將車子移至慢車道旁，沒多久，原本該吐的雅婷反倒沒事，前頭的母親，則反胃吐了！看著母親痛苦的表情，不像是一般暈車的「掠兔仔」，此刻父親的車子，剛好不偏不倚地，停靠在某內科的診所前。

母親都快要吐出膽汁了，嘴裡還不斷喊著頭痛，於是，母親便被送進了那某內科的診所就醫。

「梅林爾氏症！」

果然，母親可不是尋常的「掠兔仔」，從醫師的口中，吐出了這陌生的五個字，當時包括雅婷及家人，連聽都沒聽過的病名，隨即，母親被要求留在診所內吊點滴觀察。

那時距用餐的時間其實還算早，面對半路母親突如其來的病況，大家誰也沒有興致去享用美食了，何況點滴一旦吊上，起碼半把甚至一個鐘頭跑不掉。儘管大家對「梅林爾氏症」還是摸不著邊，至少，從醫師口中聽起來，母親的情況不算危急，藉著吊點滴的同時，正好也可以讓她稍事休養。

不過，雅婷一家，也不好全擠在小診所內無所事事，說巧又是好巧地，此刻診所正對面映入眼簾，「〇〇保齡球館」的招牌霓虹燈，突然讓人感覺無比地閃爍，結果，父親就這麼一個轉身示意，雅婷和大姊便尾隨他，踏進了生平的第一個保齡球館。

於是，母親還在診所那頭吊著點滴昏睡，雅婷他們卻在馬路對面的另一頭保齡球館內，抱著幾公斤重的保齡球，洗溝的洗溝、或是球沒丟出去落地的不斷出糗，不確定父親是否也是頭一回摸著保齡球，他的球技也完全好不到哪去。然後，趕在母親拔掉點滴前，大家又若無其事地回到診所。

當晚，後來雅婷一家的晚餐，到底吃進了什麼？在她的腦袋裡竟是一片空白，絲毫沒有印象。

「老爸，你還記得第一次帶我們去打保齡球嗎？那時候老媽在診所吊點滴，咱們偷偷跑去對面的保齡球館打球，你有印象嗎？」

「袂記得（不記得）啦，咱什麼時候有去打過保齡球，我哪會攏袂記（不記得）誒？你敢是在憨眠（你是在做夢）？啊妳說妳老母在吊點滴，是什麼時候啊？」

那是保齡球剛興起的年代，如果不是遇上母親躺在診所吊點滴，要是診所的對面正巧沒有保齡球館，當時還在唸國中的雅婷，應該也沒機會跟風吧？

有了那次的因緣際會，後來雅婷一家甚至有好幾次，還特地專程跑到那家保齡球館打起球來，當然，包括母親在內，也終於加入抱著保齡球洗溝的行列。

之後，梅林爾氏症從此還纏身於母親多年，不過，當年瞞著母親偷打保齡球的回憶，曾是領頭羊的父親早已不復記，母親自是毫無印象，最後，只能徒留雅婷獨自回味了！

【來個特寫鏡頭吧】

「阿伯，我還沒有男朋友呢，您要幫我介紹嗎？」

「那有什麼問題！我幫妳介紹。」

雅婷父親得意地將嘴角上揚，嘴巴甚至誇張到歪了一邊的模樣，看起來宛如吹牛的青蛙鼓著大肚皮般，一時之間，讓人完全搞不清楚，他只是一派戲言、還是玩真的？

第七話　那年頭商場界的流行病

台灣經濟起飛的那個年代，許多大老闆一旦事業飛黃騰達時，在他們之間，似乎都不約而同流行起一種名曰「外遇」的病，如果說，雅婷小時候就早期發現父親這樣的症狀，那麼，之於學姊的父親，只可惜發現時，早已陷入膏肓重症了吧？

嗶嗶，嗶嗶，嗶嗶嗶……

「姐姐，不好意思時間到了，因為下一組的家屬在等候了……」

每次探訪父親的時間總是過得飛快，雅婷跟父親話別即將離去時，在櫃檯入口處，一位量好體溫正準備接續探望的家屬迎面而來，「好熟悉的面孔」，雅婷都還來不及反應下，冷不防地，對方提前便尖叫了起來！

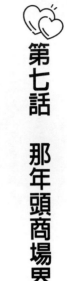

「雅婷？好久不見！妳怎會在這裡？」

「學～姊？好巧喔！真的好久不見啊！我老爸住在這裡啊，我來看他，妳呢？妳不是在美國嗎？」

「我爸幾個月前剛住進來這裡，為了照顧我爸和我媽，在疫情還沒發生時，大概是一年前吧？我就回來台灣了！」

誰也沒想到，大學時形同手足的這對學姊妹，失聯了數十個三百六十五天，再度重逢時，竟會是在這樣的機構裡。

「我們都以為妳不來唸了呢！」

遙想當年雅婷大一首次搬進宿舍時，同寢室學姊惠雯的這一句話，開啟了大學時代兩人的情誼，巧合地又同樣來自南部的背景，相對於其他幾位來自中北部的室友，每逢週末假日必返家的情形下，惠雯和雅婷在偌大的寢室裡，有了不少共處的機會，然後在學期中的一個雙十連假，雅婷搭上學姊高中校友會的返鄉專車，那晚，一段意外的插曲，讓兩人間的情誼，更是與日俱增。

在學期間，傍晚沒課時，兩人幾乎都會連袂一起去校內自助餐店用餐，假日遇到外出時，雅婷的身旁，也絕對少不了學姊惠雯的身影，學姊總是如親姊姊般地照顧她。放假返鄉再度回到學校前，兩人也都會喬好時間一起搭車北上，唯獨學期中的連假，雅婷和惠雯始終都沒機會一起搭車返鄉，原因之一，固然是彼此課表的時間難以配合，再則，雅婷不像學姊一回到南部車站差不多就抵返家門，她還得轉趟客運車，才能回到郊區的家中，因此，雅婷每次多半都選在較充裕的大白天、或下午沒課時及早返鄉。

有一年的雙十連假，剛好惠雯學姊的校友會，協助弄來個返鄉專車，兩人才終於有機會一起從校門返鄉。

因為是返鄉專車，所以集合發車的時間，便配合多數人下課的時間，要不是念及想跟學姊一同搭車回家，那樣的時間點，通常雅婷自行搭車，恐怕也早已返抵家門了。結果，那天因專車發車時間較晚，預計最快回到市區的終點火車站，至少也要晚上十點左右了，雅婷擔心無法順利銜接上末班的客運班次，上車前，還事先提醒父親，記得開車前來車站接她。

不料偏偏那天，大概是連假的關係，返鄉專車在國道上塞得特別嚴重，於是，在中途后里休息站時，雅婷又撥了公用電話回家。

果真人算不如天算，那晚老天爺像是故意跟雅婷開玩笑般，國道異常塞爆動彈不得，看著鄰座的學姊睡得安穩，雅婷卻焦急地如坐針氈，折騰數個鐘頭好不容易才抵達車站時，竟已近午夜了。眼見同車的校友紛紛被家人領回，雅婷環視了站前越趨變少的人跡，就是盼不到父親的身影，於是，她三度再打公用電話回家。

「吼～，妳當作我開車蓋快活嗎？我本來想說，只要看到妳，馬上就可回家了，我穿著拖鞋就開著車出門，結果，等幾晡等無人（等半天都等不到人），又擔心臨停會被警察叫下來開罰單，規氣我就開車轉來了（乾脆我就開車回家）！」電話彼端，聽得出父親整個的怒氣沖天！

「雅婷，妳乾脆就先到我家過夜，明天再回家吧！」

沒耐性的父親等到爆了青筋，甚且連她的安危都不管了，一心只掛記著警察可能開罰的幾千元，雅婷做夢都沒想過，當晚她可能就要露宿街頭了，八成父親氣到讓他失去了理智，才會如此斷然地拋下她，開著空車頭也不回就走了！

在她都還沒來得及回過神、思考如何收拾殘局前，暖心的學姊惠雯，便邀她一同搭上計程車回到市區的家中。那晚，還好有學姊的收留，讓身上沒帶多少銀兩的雅婷，才不至於走投無路。

經過那晚的患難相助，雅婷和學姊間更見真情，同時，從那之後，雅婷也成了學姊家經常走踏的常客。

儘管如此，雅婷鮮少從學姊那裡聽到，有關其父親的事，即便那晚她成了學姊家的不速之客，雅婷也沒看到男主人，也就因為如此，長期以來，她一直都誤以為學姊來自單親的家庭，不過，這種敏感的事，如果學姊不說，她也懂得識相迴避。

後來有一回，在大學寢室雅婷的書桌上，學姊惠雯瞥見了她文具盒內的那把玉米造型小刀，當獲悉那是雅婷小時候，父親出差時帶回的伴手禮後，沒想到，隨之而來學姊剖心地侃侃而談，意外打開了她家鮮為人知的潘朵拉盒子。

原來，學姊父親長期在外經商，總是讓任教於國小的母親，獨自一肩挑起慈母兼嚴父的精神重擔。

「我爸也是生意人，忘了從什麼時候開始，他每次一出門就像搞失蹤，然後，哪天他返家再度出現時，就又像是被撿回來似地！」

一聽到學姊的「出門搞失蹤、返家被撿回」之說，讓雅婷莫名地感到相當熟悉。

「記得小時候的模糊印象，曾經在我爸不在家的某個夜晚，我媽竟趁著我和妹在睡夢中跑出了門，好像說是要去『捉姦』！一想到我媽堂堂一位國小老師，居然還要去做這種事，真是不可思議！

「更扯的是，在我還讀國小時，有一次放學途中，無緣無故就被隔壁鄰居的阿姨直接半路攔下，然後沒頭沒腦地被劈問，『聽說妳爸外面有女人吼』？有人就是吃飽沒事幹，才會拿別人家的事當有趣！那時候我感到相當羞恥、也很受傷！但，我沒讓我媽知道，也不敢告訴比我更小的妹妹。這個藏著多年的祕密，妳還是第一個人知道的。

「後來我爸事業越做越大，版圖逐漸擴向大陸，成了所謂的『台商』，在家的日子，根本用手指頭都數得出來，直到我讀高中後，更誇張，簡直一整年幾乎都看不到他的人影了！

「就在那個時候，我媽說了，我爸在大陸有了另一個家。如果我媽說的話屬實，照算我爸勉強還是有良心，到底也沒敢忘記海峽另一頭的這個家，每個月的生活支出開銷，起碼都還正常供應無虞。這段不算短的日子，坦白說，少了長期以來我爸媽間的紛紛擾擾，家裡清靜許多，反倒是不幸中的小確幸吧？

「『何不乾脆離婚算了！』有一次我爸返家和我媽的大爭吵後，我忍不住對我媽脫口而出。

「結果妳知道我媽怎麼反應嗎？『我又沒有做錯事，幹嘛要離婚？』別看她當老師，還是一副死腦筋老傳統的，寧可把淚水往肚裡吞，也不想隨便就將離婚的帽子往自己頭上戴呢！」

也許是身為長女的關係，雅婷從未看過學姊在她面前掉過任何一滴眼淚，在她眼裡，學姊一直都堅強地扮演照顧者的角色，在學校裡，雅婷備受她的照料，在家裡，相信學姊也絕對是守護著她的母親和妹妹。

後來，聽說學姊的妹妹早早便結婚，大概如學姊說的，妹妹恨不得趕快離巢、脫離那紛紛擾擾的原生家庭吧？相較於妹妹的早婚，惠雯學姊大學畢業後那年，一開始放不下孤單的母親，先是眼巴巴看著男朋友隻身前往美國進修，自己則選擇留在台灣工作數年，最後才在母親的勸服下，和男朋友定了終身，飄洋過海開啟美國的生活。不過，隨著她的移居美國，多年後不知不覺中，雅婷和學姊也就失聯了。

「快快，我們趕快來交換一下line，有機會再跟妳聊囉！不好意思，輪到我預約的時間，我爸已經坐在那邊等我了，掰掰！」

時隔至今，再看到學姊惠雯時，往昔堅定自信的眼神依舊，如今的她，早已斷然結束婚姻恢復了單身，後來聽說她母親多年前也從學校退休了，更令人意外地，據聞學姊的父親，這幾年也結束了大陸的事業，最終回歸到海峽這頭原來的家庭了。

台灣經濟起飛的那個年代，許多大老闆一旦事業飛黃騰達時，在他們之間，似乎都不約而同流行起一種名曰「外遇」的病，如果說，雅婷小時候就早期發現父親這樣的症狀，那麼，之於學姊的父親，只可惜發現時，早已陷入膏肓重症了吧？

此時此刻，望著眼前坐在輪椅上的爺爺，那是雅婷第一次看到學姊的父親，很難想像他過去傳說中的風華倜儻，眼前的他，就跟其他的住民一樣，只是一位再普通不過的老人罷了。

我們的一生，都是回不去的進行式。

——陳文茜《終於，還是愛了》

【來個特寫鏡頭吧】

「吼～，妳當作我開車蓋快活嗎？我本來想說看到妳一下子就上車，我人就穿著拖鞋開車出門，結果，等幾晡都等無人，然後又煩惱臨停被警察叫下來開罰單，規氣我就開車轉來了！」

父親大人剛踏進家門，匆匆又接到雅婷打來的電話，此時此刻，原本的怒火瞬間又竄升，臉上爆出的青筋豈止是粗大可見，然後說完隨即掛了電話，徒留公用電話聽筒的這邊，傳來陣陣「嘟嘟……」聲迴盪著。

第八話　同樣餐點不一樣情

平平攏是焢肉，是按怎他的卡大塊？是不是刁故意要害我流喙瀾……

想當初雅婷的父親，是掛著鼻胃管進入機構的，所以，為避免他坐在餐桌前乾瞪眼看人用餐，一開始他只能被迫留在房內接受灌食，然後，慢慢地才漸進嘗試搭配加入蒸蛋之類的軟質餐點，好讓他練習吞嚥。

好不容易等到那礙眼的管子澈底拔除後，父親終於得以和其他住民一起坐在餐桌上用餐了，不過因之前長時間沒能正常進食，才剛恢復啟動的吞嚥功能，就怕一個不小心被嗆到了，很容易造成吸入性的肺炎。因此，即便能坐在餐桌用餐，也是得從稀飯和粥狀等餐點開始，短時間內還不能隨心所欲大啖佳餚，甚至連喝個水，都還得藉助吸管、小心翼翼吸著喝。

爾後，看著父親吞嚥能力恢復得差不多了，粥狀的用餐終於才得以順利「畢業」，不過基於安全的考量，即使到現今，機構人員還是會在他的餐餚稍作前置先行的處理，以方便他的咀嚼和消化。

事實上，在雅婷父親寄宿的機構裡，除了臥病在床或需灌食的住民外，只要是可以出來跟大家共進三餐的，工作人員都會因應爺爺奶奶的個別狀況，於每人端出的餐點上，事先做個別的前置處理，比如將當日的餐點，或是改用粥狀或是打泥、先行剪碎或剪細、或是像她父親的情形般切成一小塊狀等處理方式，好讓他們能更順利進食。因此，每次用餐時間一到，大家所享用的餐點，明明都是來自廚房裡的同樣菜色，端出來擺放到爺爺奶奶的桌上時，其外觀所呈現出來的fu，也就因人而大異其趣，而且，每位爺爺奶奶上菜的時間也會因此而略有差異。

一般來說，能坐在餐桌上的爺爺奶奶，有的或因中風、或疾病導致必須仰賴他人協助餵食者，通常都會優先上菜，至於能夠自行用餐、但需留意咀嚼吞嚥者，則為次之，而對於跟一般人用餐沒問題者，或許被考量較無需人力的協助，通常則會被安排在最後梯次上菜。

雅婷每次過來陪父親用晚餐時，通常會趁機幫忙看顧一下，與父親同餐桌的其他爺爺奶奶。

「〇〇奶奶，妳是按怎都沒吃？今天有『焢肉』呢，要加減吃一下喔！」

「哪有什麼『焢肉』？是按怎我攏無看到？」

看著那位奶奶眼前被處理得幾乎稀爛的餐點，要不是看到白板上寫著「今日晚餐」所列的菜單，坦白說，就連雅婷也看不出「焢肉」的什麼碗糕。

看著眼前的這位奶奶，牙齒掉得差不多了，平常只能靠著活動假牙咀嚼食物，大概就是這個原因吧？打從雅婷父親和她同桌以來，奶奶的桌前除了代替一般白飯的稀飯外，看到的其他配菜，大抵都是比她父親的被處理得還要細碎，眼見幾乎都看不出「焢肉」的原形了，難怪引不起她任何的食慾。

雅婷每次過來陪父親，常發現有幾位家屬比她早到，不過大部分的家屬，大都必須等到下班後才能過來，像這樣日復一日，雅婷停留在機構的時間，都會巧遇幾位「固定班底」的家屬，大家通常彼此照了面，對於之所以將親人送來機構的處境，大抵都心照不宣，日積月累之下，久而久之有兩三位家屬，自然地便與雅婷間，凝聚了說不上來的革命情感，然後將心比心地，誰要是早到了，就隨時照應或招呼彼此的長輩。比如和父親同桌的那位奶奶，女兒由於工作的關係，加上機構裡三餐吃得早，每天下班趕過來時，通常早已過了他們晚餐的時間，因此，只要一有空，雅婷也會幫忙留意奶奶的狀況，同樣地、等雅婷返家後，還留在機構的奶奶女兒，如果遇上雅婷父親還沒入睡，也會跟他噓寒問暖，或是在天冷時，幫忙提醒他多加件厚外套。

「〇〇奶奶，啊妳的假牙咧？」

有幾次用餐時，雅婷都會猛然想起，幫奶奶留意，看看她吃飯時有沒有又忘了戴上假牙。不過，每當雅婷特別去關注其他爺爺奶奶時，其實父親經常會吃醋的。一旦遇上父親大人心情好時，滿嘴植牙的他，就會調皮地，不忘趁機揶揄鬧一下奶奶。

「『哈買兩齒』[1]，啊妳的假牙咧？」

經雅婷和父親輪番一問，那位有著重聽的奶奶，這才東摸摸西摸摸地，然後好幾次，摸著摸著像變魔術般，就從她自己的口袋裡，掏出了假牙，隨即很快地也沒清洗，逕自就將假牙塞入她的嘴裡，瞬間，「哈買兩齒」立馬化身便成為滿口的全牙了。可惜的是，即便具備了全牙的武器，奶奶眼前的那一坨不知是何物的東西，依舊提不起她的食慾！

繼奶奶的那坨餐點被端出後，很快地父親也開始品嚐他那被切成一小塊的焢肉餐點，接著不久後，正對面爺爺的桌上，被放上了今日原汁原味、毫無經過處理的「正港」焢肉餐點，頓時，那好幾塊看得一清二楚的「焢肉」，就連雅婷看了都忍不住猛吞口水，也難怪嘴裡還咀嚼著小塊「焢肉」的父親，眼睛跟著為之一亮！

「平平攏是焢肉，是按怎他的卡大塊？是不是刁故意要害我流喙瀾（明明一樣是焢肉，為何他的較大塊？是不是故意要害我流口水）……」父親口氣講得超酸，看得出來很不是滋味。

接下來，坐在正對面桌那位爺爺的一個舉動，讓大家結舌瞠目了！

當前秀色可餐、令好幾人唾液大增的焢肉，沒想到那爺爺僅咬了一口，隨即便吐了出

---

[1] 哈買兩齒：早期黃俊雄布袋戲《雲州大儒俠》中，被塑造的著名角色之一，因其嘴巴僅有的兩顆大門牙的特色，一度成為家喻戶曉的布袋戲人物。

來，還不小心被掉落在桌下，然後，就喊著吃不下了！

「老爸，你看他咬不斷就吐掉了，工作人員也是怕肉太大塊你不好吞嚥，反而容易被嗆到，所以才好心幫你的切成一小塊呢！你真的很想吃沒有切成小塊的焢肉嗎？如果真的很想的話，我就去跟工作人員說，以後你的餐點不要切成一小塊了？但是，你有可能會像那位爺爺一樣，咬不斷喔……」

「免啦免啦！」

自從恢復正常進食後，早已習慣小口吃食的父親，也嫌麻煩似地，邊搖頭邊繼續把他自己餐盒內的焢肉完食。

父親這頭話才剛說完，冷不防地，旁邊卻突然傳來了一陣咆哮聲！

「大家都快吃完了，為什麼我的飯菜都還沒來啊？我又不是沒繳費用！你們去叫老闆過來！」

只見隔壁桌一位看起來外表看似無恙的歐巴桑，那頭遲遲等不到她的晚餐，惹得腎上腺素驟升的結果，火力全開幾近歇斯底里怒罵，把大家都給嚇壞了！

工作人員趕緊透過對講機聯繫的同時，頻頻向那位歐巴桑致歉。沒多久工作人員前腳才剛上完菜，後腳都還沒踏離開前，「豬頭，這裡的工作人員都是豬頭」！歐巴桑接著又是一陣怒吼！

「那個查某刺耙耙（那女人很兇），我看了很倒彈！」父親忍不住念了一句。

看著那位火冒三丈的歐巴桑，雅婷也真想跟父親來個「me too」附和一下！猶記歐巴桑在機構初來乍到時，活像是偵訊社般，不斷對雅婷一連串的身家調查探問，然後，在得知她活到這把歲數依然小姑獨處時，還曾經口無遮攔對她失言。

「妳看起來很正常嘛！怎麼到現在還沒結婚？」

什麼叫做「很正常」？當下讓雅婷很不是滋味。

不過，長時期跟著父親「入境」機構後，慢慢地，雅婷多半也能「隨俗」去體會，來到這裡的爺爺奶奶，包括她古錐的父親，很多都像是「返老還童」的，因此，對於他們偶發孩童似的幼稚舉動，要是太過在意的話，只會讓自己內傷氣炸罷了，何況，這些爺爺奶奶很多不是失智、就是腦傷的患者，他們說過的話，確實此一時彼一時，常常講過後甚至連他們自己都不記得了，實在沒有必要跟他們過意不去。要不是他們身上哪方面有「掉漆」了，否則，這些爺爺奶奶也不會被送來這裡的。

機構提供的伙食，大抵強調以營養健康為前提，不過，住在這裡的爺爺奶奶，當然也不是想吃什麼就吃得到什麼，實在無法跟住在家裡相提並論，其中像是雅婷父親平日鍾愛的水果，大部分的情況，也幾乎僅止於「點綴」般，量少種類也不多。因此，除了固定提供綜合維他命的補給之外，雅婷同每天前往探視的家屬一樣，每次去陪父親時，她都習慣會帶上處理好的綜合水果，偶而時間充裕的時候，也儘可能地烹煮些魚湯之類，幫父親滿足一些口慾、以及補充一些營養。

「老爸，這芒果好吃嗎？」那天雅婷帶來了父親水果的最愛，給他解饞。

「嗯，好吃，好吃！」

「這我在菜市場買的，不過，再怎麼吃，還是阿福伯厝種的好吃！阿福伯，你還記得嗎？」

「嗯，你說那個『膨風仔』喔？啊他還在種芒果嗎？」父親笑了出來。

「老爸，你袂記（忘記）了嗎？阿福伯蓋久就不種芒果啦，因為阿福嬸『顛倒』（癡呆）好多年了，他現在攏無閒（都忙著）照顧阿福嬸，哪有那個美國時間去照顧芒果啊？」

以前每逢芒果的產季一到，家中熟悉的長輩阿福伯，都會開著他的進口賓士車親自出馬，把自家種的芒果送上她家門來，如今隨著失智的阿福嬸每況愈下，那個曾經號稱「只應天上有」的甜滋味道，在父親的腦海中，逐漸快要搜尋不著了，就連雅婷，恐怕，也只能留在過去的往事裡回味了！

【來個特寫鏡頭吧】

「平平攏是焢肉，是按怎他的卡大塊？是不是刁故意要害我流喙瀾……」

大概因著自尊心，儘管雅婷父親嘴裡沒說出口，但，「我好想吃」的那四個字，透過他那雙欽羨的眼神，卻早已清清楚楚地寫在他無奈的臉上。

第九話　家書

很早很早以前，有位父親從不善於對孩子表達關愛，某天，因為一件事讓他破天荒動了筆，寫下了一張洋洋灑灑的「家書」，不過說穿了，只是為了那兩個令人難為情的字眼……。

小三那年，「重賞之下必有勇夫」，雅婷為了取得父親的犒賞，在班上的月考，重新又拿回了第一名的寶座，同時擁有了人生的第一部車（腳踏車）。

可惜在那之後，父親忙於海外的出差，在孩子的教育方面，過去之於大姊「放牛吃草」的放任模式，彷彿又開始複製貼在雅婷身上。直到國小畢業，很多成績不錯的同學，紛紛選擇到市區唸讀國中，儘管家族中也有人出聲，「應該讓阿婷去市區的明星國中就讀」，雅婷的父母親，倒是沒有發表任何的意見，最後，雅婷自己，做了人生的第一次抉擇。

「國小前三名畢業生，三年學雜費全免」，那時候離家近的國中，搶學生搶得兇，既然連牛肉都祭出了，雅婷哪能禁得起誘惑？不吃白不吃，何況又是免費讓人吃，感覺就是順理成章地，從那天國中報到開始，雅婷便以國小畢第二名「議長獎」的資格，換取了國中三年來學雜費「無料」的生涯。

如此一來，犯不著擠破頭，去跟人家搶明星國中的光環，更重要的是，雅婷選擇離家近的國中就讀，能夠有餘裕睡飽足，又能免去搭車通學可能帶來「掠兔仔」的不適，對於雅婷而言，有道是青春無限好，何必浪費在無謂的擠公車上呢？何況每個中午，她都還可以吃到母親送來即時現做營養滿分的午餐，誰還會想要大老遠跑去市區就讀、換得吃蒸到菜色發黃的便當呢？

就這樣，前青春期一開始，雅婷自己決定了就讀的國中後，父親也就鮮少過問她這「糖霜丸」的課業，當然，來自父親的「重賞」也早已不再，雅婷沒有機會再當「勇夫」了。

國中三年下來，吃得好睡得好，或許有點爽過頭的結果，更像是應證了「小時了了、大未必佳」，於是，高中聯考那年，「寧為雞首、不為牛後」，最後雅婷說得好聽，勸服自己接受了第二志願，然後直到大學聯考的那一搏，甚至連大學的選填志願，也是她自己一手搞定的，可惜，最終跟國立學校擦身而過，只能搶到私立大學的門票。

整個青春期的課業問題，一路走來，雅婷幾乎都是她獨自一手包辦，因此，「先考上大學再說」，放榜後的整個暑假，雅婷盡情地嗨放空，完全沒有想到接下來北上的問題。直到大學新生報到的前幾天，雅婷想都沒想過，父親突然意識到「糖霜丸」終於要唸大學了，才主動偕同母親，而且竟不嫌路途遙迢地，從南部載著她、以及她未來四年的「家當」，風塵僕僕開車直奔那偏僻靜謐的校區。

「叽～妳是按怎（怎麼）考的？考到這什麼學校，問人問幾晡（問半天），攏無半人知道學校在哪？」

沒想到整個的路況不熟，加上少了谷歌大神（google還沒問世）的指引，終於讓性急的父親發飆了！一開始恐怕父親就走錯了路，於是沿路問下來，真的沒有半點誇張，路上遇到借問的，完全沒人知道，她的大學之路怎麼走？直到後來，車子才兜轉出了生路，好不容易抵達大學校區，彼時新生報到卻早已開始了。

順利結束新生的報到，然後送別父母親之後，其實距離真正開學前還有一段時日，雅婷尚且都還來不及適應八人一室的住宿生活前，她就收到了一封信，而且，還是來自父親親筆的家書！

心想才跟父親分開幾天，怎就思念起她這顆「糖霜丸」了？不過「知父莫若女」，雅婷非常清楚，這種事發生在父親身上的可能性，絕對是零！看著如假包換的那封信，完全不像是父親的作風，心中充滿了熊熊的好奇與狐疑，當然不可否認地，還帶有那小小的擔心，難不成，家裡出事了？

略帶顫抖的將信連忙一拆後，雅婷不禁噗哧地笑了出來！

一張洋洋灑灑以為「家書」的信裡，前前後後其實可以算出的幾行字，抵不過「無厘頭」的父親，想要傳遞的關鍵訊息，說穿了，整個中心主旨，原來，只為了那兩個令人難為情的字眼——「口臭」！

為了即將成為大學的新鮮人，新生報到前持續好幾天，雅婷早已興奮到數個夜晚都失眠了！也許這麼幾個連日雀躍的難眠下，讓她的肝火八成燃燒過度，導致口氣有了味道吧？然後新生報到前，難得父母親和她再度「仨人合體」於父親的進口車廂時，父親絲毫沒察覺到她身上，夾雜著即將離鄉背井的雜陳五味，倒是先發現了，那股異樣的「口氣」。結果，父親安全將她送抵大學之門返家後，或許是那種當著她的面「欲遮還羞」、可又不吐不快的心情，終究破天荒地，讓他親筆寫下那封家書的吧？

至於那封「家書」裡還寫了些什麼，雅婷早已忘了！她依稀只記得，父親並不是一開始就說亮話，而是先拐了彎抹個角，略帶迂迴寫著要她出門在外照顧好自己，直到最後才真正切入主題，希望她要好好留意自己的「口氣」。

記憶中的父親，多半時候，其實是個沉默的「好面族」，特別是在跟孩子的互動上，即便從小她就是他的「糖霜丸」。

就像盧拉拉在他書中提到的：「有一種父愛是沉默的，不輕易表現於外，內斂而深沉、真實且溫柔的存在。」[1]

她第一次發現，原來，父親也有他細心的時候，那封家書，實質是他用自己獨特的方式，對他的「糖霜丸」，表現出來的另一種關愛。

好幾十年前父親的那封家書，隨著他想都想不起來的記憶，如今，也早已不知去向了！

自從那之後，雅婷不再收到來自父親紙筆下任何形式的隻字片語，好幾十年後的今天，看著眼前越來越像孩子般的父親，彷彿兩人互換了角色般，雅婷時不時會用紙筆，寫下簡短的「家書」，哪怕只是幾個字、或幾句再平常不過的閒閒言語，她想學著當年的父親，傳遞那份真誠下的溫柔。

古錐的老爸：

每天記得要起來動一動、走一走喔！

記得要到中庭去曬曬太陽喔！

1 《命案現場清潔師》，作者盧拉拉，橡樹林出版社。

想到要跟我說的話如果怕忘記，可以用筆寫下來，也可以記在我給您的日記本上，

另外，別忘了多看看報紙，讓大腦也動一動嘿！

我沒辦法過來看您的時候，如果看不到我，可別躲在被子裡偷哭喔！😊

阿婷

【來個特寫鏡頭吧】

「吼～妳是按怎考的？考到這什麼學校，問人問幾晡，攏無半人知道學校在哪？」

一直問不到路況，讓坐在駕駛座的雅婷父親氣到滿臉通紅，聲音也變得高八調了，當下他的臉上，像極了一座即將爆發的火山，就怕接下來連三字經的岩漿，都要從他嘴中噴湧而出了！

第十話　藥丸和魚鬆我全都要

爺爺說他想要吃肉鬆，妳們方便幫他準備嗎？還是要由我們代購？

雅婷父親二度「回鍋」的機構，離當初他開刀的醫院不遠，機構整個內部的型態氛圍，就像是醫院的延伸，少部分臥床的爺爺奶奶如隱形人般常駐在房間裡頭，其他的住民，或是腦筋退化的、或是坐著輪椅的、或是身上伴隨著一管兩管（鼻胃管和尿管）的，放遠望去，大抵跟父親差不多，身體狀況都還算是「輕量級」。

每當用餐時間一到，工作人員都會透過麥克風，用著國台語雙聲帶廣播說著：

「阿公阿嬤，咱這馬開始食飯囉！爺爺奶奶，我們現在就要開始吃飯囉！」

事實上，機構裡佔多數可以進食的爺爺奶奶，早在廣播前，多半已坐在餐桌前等待許久了，可以自己動手的爺爺奶奶，有的戴上防水圍兜就緒，有的繼續坐在餐桌發呆；至於坐在輪椅上動不了的，照護員也會協助將他們一一推到各自所屬的餐桌前。

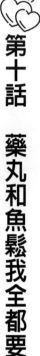

接著，工作人員有的忙著上菜，照護員有的則開始先陪著需餵食的爺爺奶奶吃，這樣團體共食熱鬧烘烘的景況，常讓從學校那頭下完班趕過來的雅婷，宛如又再次倒帶回到白天她和學生吃營養午餐的畫面，只不過類似的場景，卻是截然不同的兩樣情。

自父親開始入住，直到疫情降臨前的那段太平的日常裡，雅婷幾乎天天下完班都會過來報到，看著父親逐漸習慣這樣的團體用餐生活。

在這裡舉凡可以正常用餐的爺奶，大家同樣享用一致的伙食，但為了因應爺奶個別的咀嚼能力及其不同的生理狀況，於是有了「個別化」的前置處理，所以端到每人桌前的餐點，外觀看起來便略有差異。

因而，每次餐點端上桌前，工作人員也會先行將每位爺奶的名牌擺發放在其桌上，以便上菜時的核對，避免送錯飯菜。

有趣的是，每次在發放名牌的同時，工作人員還會像火車上推著推車兜售飲食般，只不過推車上擺放的瓶瓶罐罐，不是待販售的零嘴飲料，而是好幾個標記著爺奶名字的魚鬆啦肉鬆之類的配飯佐料。推車上的這些瓶瓶罐罐，宛如每日菜單之外的隱藏版，而且不知不覺中，雅婷發現，從早先只有的零星幾個鐵罐，很快地便佔滿了整個推車，儼然成了很多住民用餐時不由分說的特別「定番」。

放眼望去，這些魚肉鬆存在住民間你有他也有、幾乎每個人通通都有的狀況下，也許是受不了的誘惑、抑或是為了順應這樣的「趨勢」？有一回，雅婷父親終於再也忍不住了！

「看他們在吃，好像很好吃的樣子！」

「爸，如果你也想配飯吃，要不要我幫你準備一罐？」

「免啦！那又不是什麼好物！」

父親嘴巴明地抗拒，內心暗地裡想必「哈」得很吧？雅婷想起學校班上的學生，一旦有人興起什麼風，不也是大家盲目就搶著跟？別人有的遊戲卡，沒人會想落得獨缺！團體生活中，同儕間的這種「不能被比下去」心態，同樣也反映在返老還童的父親身上吧？

果不其然，過沒幾天，雅婷便接到機構的來電，「爺爺說他想要吃肉鬆，妳們方便幫他準備嗎？還是要由我們代購」？

自雅婷懂事以來，魚鬆或肉鬆，就幾乎很少出現在家中的餐桌上，即使兒時的記憶裡，曾經有過母親手做炒製虱目魚鬆的味道，後來她也曾看過父親買來某品牌的肉鬆，當下酒菜配著吃，除此之外，那些魚肉鬆的瓶瓶罐罐，於雅婷家中是相當罕見的。

聽說父親入住的機構裡，推車上有的沒的魚鬆或肉鬆，其實開始於那些齒牙動搖、乃至無牙或戴假牙的爺爺奶奶們，因著其家屬的擔心，怕他們咬不動或吃不下機構裡提供的伙食，為了補充營養或滿足他們食慾才另外添購的。

而父親好端端的牙齒裡，實際上，不說沒人知的滿嘴植牙，就算稱不上各顆堅固如石，至少夠他志得意滿，還能三不五時去消遣別人「哈買兩齒」，可是，那些魚鬆啊或肉鬆的，感覺上別人都有唯獨他缺一，何況別人的東西總是看起來特別地好吃，雅婷要是再不買過來給他，父親眼巴巴地看著不只垂涎的份，恐怕撐不了多久就要害他捶胸了！

於是，為了順應機構爺奶間的這股「風潮」，曾經有一段時間，從肉鬆到魚鬆，再從鮭魚鬆改回豬肉鬆，眼見整罐完食後即刻接力再補上，雅婷只得循著以前的記憶，不斷地買來父親可能喜歡的口味，如此一來，父親合該嘴裡夠打了牙祭，心裡頭應該也能適時獲得安撫吧？

這種別人有魚鬆、我也有肉鬆的日子，後來漸漸地還衍生另一種風潮，就像是那種猶如雅婷小時候把泡麵當零嘴吃的概念。

記得孩提時，零嘴的王子麵剛上市不久、且還輪不到科學麵當零嘴的那個年代，她也會模仿同學，跟著用手把一般的速食肉燥麵，先在袋內弄碎，接著在袋中灑上調味粉甚至連肉燥包也給它倒進去，最後用吃零嘴的方式，一把一把抓了便塞進嘴裡乾吃泡麵。

曾幾何時，就在正餐被端上桌前，父親就像雅婷小時候吃泡麵零嘴般，跟著其他的爺爺奶奶有樣學樣地，從各自的鐵罐裡，你一口我一口地，抓起魚鬆或肉鬆逕自往嘴裡塞，管它屑屑掉個滿地，或是嘴角留下無法煙滅的證據，這些七八九十的爺奶，瞬間一個個都活回調皮的屁孩去了，每個人臉上無不堆滿了「紲喙」（好吃順口）的滿足，誰說魚肉鬆只能配飯吃呢？

不過，不知是否因這樣愈老愈還童所致？父親心裡住的那位小男孩，不知不覺中，讓他也跟著變得越來越小鼻子小眼睛了起來！

打從父親開始跟大家把魚肉鬆當零嘴的日子以來，十之八九次的飯前，他大口大口抓來吃的結果，肚子裡早就搶先被佔去了一定的空間，導致父親餐後，在他的五臟廟裡，就很難再騰出空間，擠放雅婷帶去的水果了。

「吼~這麼多，我哪吃得了啦！」父親有時會像孩子般地耍性子。

「你如果吃不了，規氣（乾脆）分一點給那位阿伯吃，好不好？」

雅婷每次陪伴父親時，常見同桌另一位爺爺都是形單影隻沒有家屬的作陪，雅婷心想既然父親吃不完，何不與該位爺爺分享呢？

「不行！吼~妳都不知道，他很歹款（壞習慣）沒規矩，都偷吃我的肉鬆哩！不可以給他吃，我等一下再吃。」一聽說要分食給該位爺爺，父親立馬變臉不悅！

「哈哈，那位爺爺大部分都等不及我們發放，直接從推車拿了肉鬆就吃了，有一次是有拿別人的吃了，不過，那不是妳爸的肉鬆。」旁邊的工作人員剛好經過，笑著補充說。

原來好巧不巧地，父親肉鬆的紅色鐵罐，剛好與那位爺爺的「撞罐」了！父親只認鐵罐不認名字的情況下，怪不得誤會大了！在雅婷的眼中，那位常掛著彌勒佛般笑臉的爺爺，看起來不像是會偷吃別人東西的「壞學生」啊，父親卻急欲幫他貼上標籤，所以囉，別說一口肉鬆，哪怕是水果的一小小切片，寧可撐死自己，父親也絕不會答應，就這麼負增強地給了那「壞學生」吃！

後來，雅婷慢慢才發現，父親口中那位「歹款」的爺爺，胃口真是超級無敵好的，不像挑食的父親，往往只吃自己喜歡的，很少全部完食，雅婷每次看著那位爺爺都把正餐吃到見底，甚且有一兩次，她還撞見爺爺趁工作人員收拾餐具前，從別人吃不完剩下的餐點中，用湯匙挖過來往自己嘴裡送，就連餐後護理人員發放的藥物，也吃得津津有味呢！漸漸地從護理人員口中，她才略知爺爺的狀況，或許是因為失智的關係，才會讓他總是食慾充沛且老是「吃不知飽」吧？對於那位爺爺任誰也阻止不了似的超強食慾，雅婷於是有了「正解」，怪不得連不得不吃的藥丸，在爺爺眼中，都可以變成美味的糖果了。

話說回來，機構就像是醫院的縮影，加上護理站也擔心住民忘了吃藥或把藥給搞丟的情形，因此，這裡的護理人員，完全比照醫院病房的管理方式，將每位住民的藥物集中在護理站統籌，然後依循各自的醫囑藥單所示，在每次服藥的時間，一一發放給需要的住民服用。而藥物發放的時間，通常大都會落在爺爺奶奶用餐快結束前，護理人員習慣將藥丸放在註記有名字的迷你藥杯內，然後拿到爺爺奶奶的面前，看著他們親口服下才算數。

令人莞爾的是，每次護理人員開始發放藥物時，「我的呢？」「啊我怎麼沒有？」另一種「輸人不輸陣」的氛圍，每每又會充斥在爺爺奶奶你我之間。

於是，又是「只要別人有我也要」的心態吧？雅婷的父親，明明一直都只有早晚的藥，有一陣子午餐過後，看著別人吞藥，糊裡糊塗的時候，他也要湊熱鬧，像孩子「討糖吃」似地，爭相跟著護理人員索討說要吃藥。不過，遇到他腦筋清楚的時候，當晚餐飯後，護理人員真正要發放藥給他時，「我蓋健康，哪擱要吃藥？」他反倒抗議了！

長期下來，父親在機構裡的寄宿生活，吃著說有變化其實大同小異的伙食，看在雅婷的眼裡，就怕營養不足了，後來，她會定期送來綜合維他命，多少幫父親補充營養。如此一來，錯開了每天早晚餐後固定服用的藥物，父親也能利用午餐飯後吃個維他命丸，剛好滿足了他午餐飯後吵藥吃的心態。

記得早期父親的狀況仍須定期回診追蹤時，大姊雅雲如果有空，也會跟著雅婷一起帶父親回到醫院，然後結束時總是會幫忙將大包小包的藥物帶回。有一次看完診回到機構時，不巧已過用餐時間，雅婷這邊忙著協助父親的用餐事宜，大姊那邊則趕緊將大小包藥物、以及下次的處方箋藥單和回診單，一併交由護理師核對及保管。

這廂大概餓昏頭的父親，偏偏又與他午間「休眠」的重要時刻撞上，肚子的咕咕叫、外加瞌睡蟲不斷地鳴放之下，簡直催促加速他全身上下無名火的炙燒！就在他邊囫圇吞飯的同時，沒想到他的雙眼竟飄過去護理站那邊，猙獰看著從護理站走過來的大姊，猝不及防地直接便給了她當頭一記棒喝！

「我的藥呢？那是我辛辛苦苦跑去醫院拿回來的，妳沒事拿去送給她們幹什麼？」

那個當下，父親眼睜睜地看著寫有他名字的那些藥袋，最後竟莫名其妙地落入陌生別人的手中，整個腦筋一片混沌，還管那什麼「護理站」、又或是「護理人員」的鬼名堂？就這樣，父親全身的怒火迅速竄升，眼見就快要破表，最是無辜的大姊，又無端地被掃到颱風尾了！折騰了一番工夫後，好不容易，在護理人員和雅婷好說歹說不斷地安撫與轉移之下，或許也是累了，酒足飯飽的父親，最後才願意讓雅婷送進房間休息。

自從父親腦傷後，在家看護被父親誣指的記憶還揮之不去，這下又來了個「藥袋事件」，擱在大姊心裡頭的芥蒂，只怕再添一筆了！而且「藥袋事件」之後有一陣子，說也奇怪，只要沒看到大姊時，父親都還好端端地，一旦看到她在機構露臉時，沒想到記憶逐漸「掉漆」的父親，就又突然想起來，隨即開始批哩啪拉對著大姊砲火猛射！漸漸地，大姊再也不想當砲灰了，能閃就躲得遠遠地，然後經過好幾把月，好不容易父親那個不快的記憶散了褪了，偶而她才會再度出現在他眼前。

像這樣不論是藥丸或是魚鬆，「只要別人有，我也通通要」的日子，變成了父親的一種日常後，有一天，雅婷一如往例，前往機構陪父親，意外發現同桌笑得像彌勒佛的爺爺不見了！原來，聽說他被家人接回家了。

看著父親座位旁邊的人去位子空，雅婷心裡頭一整個的五味雜陳，一方面再也看不到那位爺爺笑著吃魚鬆的模樣，突然感到有些不習慣，另一方面她也擔心，父親是否會因著那爺爺的回家、自己卻回不了而害了心情？之後有好幾次的晚餐前，眼見工作人員陸續發下了魚鬆罐，父親也完全不為所動，罕見地甚至連個正眼都沒瞧，惹得雅婷起疑心，同時她拿來魚鬆的鐵罐打開一看，原來，裡面的魚鬆所剩無幾了！該不會是父親早已知道情魚鬆快沒了，才會懶得去動開鐵罐？

「爸，罐子裡面快沒了，我明後天有空時，再拿新的過來喔！」

「免啦！麥擱買來啦！那又不是什麼好物，我又沒在吃！」

父親有一搭沒一搭地回答，莫非受到那位爺爺的影響，父親又想家了？

漸漸地，不單是那一次，後來雅婷發現，父親對吃魚鬆的興致明顯地褪減了，難道，就像學生對遊戲卡瘋狂的熱度般，隨著新鮮感不再也會有褪去的一天，父親吃魚鬆的這玩意兒，終究也有膩了的一天？

「如果吃了魚鬆，我飯就吃不下去了！」

原來，理智還是可以打敗一時興起的童心！看來父親腦袋瓜又清醒了，畢竟，那些魚鬆啦或肉鬆的，向來就不是父親缺一不可的最愛。

此時此刻，旁邊父親嘴裡常戲謔「哈買兩齒」的那位奶奶，面對糊狀的伙食依舊聞風不動，然後，只見她正手忙腳亂地，不知如何打開她的鐵罐。

「〇〇奶奶，我幫妳倒好嘸？」雅婷隨即幫她將魚鬆倒些在稀飯裡。

「那又不是什麼好物，有什麼好吃的？」父親邊搖頭邊帶點不解的眼神說著。

就這樣，幾個月來盲目的跟風之下，最後，雅婷父親總算澈底終結了吃魚肉鬆的習慣，不論當零嘴或是配飯吃。

然後很快地，推車上就再也看不到寫著父親名字的任何鐵罐了！

【來個特寫鏡頭吧】

「不行！吼～妳都不知道，他很歹款（壞習慣）沒規矩，都偷吃我的肉鬆哩！不可以給他吃，我等一下再吃。」

有一種小朋友間的流行語，叫作「打小報告」，雅婷父親認真的表情中帶著滿滿的不服氣，此時此刻，他用的正是這款流行語，然後很認真地跟她「報告」那位爺爺的「惡形惡狀」……。

第十一話　高齡族的老老照顧

身體好好的卻死不去，真正是有夠拖磨……。

「阮查某囝嫁去美國，後生（兒子）現在嘛在台北做醫生！」

「吼～阿福伯仔，你的囡仔，都有夠厲害啦，真好命！」

阿福伯曾經在地方服務，大雅婷父親幾歲，以前每逢愛文盛產的時期，他都會特地開著他的賓士愛車，在老婆的偕同下，親自登門送上他自家「自慢」的芒果。

人稱「田僑仔」[1]的阿福伯，和老婆向來鶼鰈情深，儘管書讀得不多，家中卻出了個醫生，女兒也遠嫁美國幸福美滿，因此，動不動他老是喜歡拿來說嘴炫耀一下，即便父親和他早是多年的熟友，一旦碰面了，阿福伯依舊不忘賣弄一番，搞得同樣愛臭屁的雅婷父親，很

[1] 田僑仔，根據台灣閩南語常用詞典的釋義，指擁有許多田地，靠地價暴漲而致富的土財主。

不是滋味！

「嘿啦嘿啦，大家都知道，誰叫你是阿～福啦！」被比下去的雅婷父親，有時懶得再和他抬槓。

那年阿福伯退休下來，聽說曾帶著老婆跑到洛杉磯女兒那邊度假小住，剛開始什麼事都很新鮮，不過一週下來，什麼異國的鬼風情，他們兩老根本完全不適應，搞得連呼吸都覺困難了，原本以為與女兒的久別重逢，尚可順便含飴弄孫一下，孰知，現實生活完全不是他們所能預期的，尤其面對中文不太靈光的孫子，與兩老簡直就是雞同鴨講的，原本的新鮮感，漸漸地變得無趣，甚至躁悶了起來。

「老爸老媽，有時間再找機會過來玩喔，下次住久一點，我再帶你們到東岸去玩玩！」

「又不是食飽閒仙仙（吃飽太閒）！」

「卡講嘛是咱台灣、自己的厝卡舒適！」

好不容易結束長途的飛行，憶起那趟在洛杉磯的種種，阿福伯和老婆光想到要搭機飛那麼遠，就退避三舍吃不消了！

其實住在經過重新整修過的大宅院，平常種種花卉蔬果，對於阿福伯夫妻是再愜意不過的養老生活了，即使在台北的兒子，因為看診的忙碌無法南下陪兩老，哪怕多次慫恿他們過去同住，阿福伯夫妻也都興致缺缺。

提起阿福伯的這雙兒女，無疑都想盡份孝心，何況在外人的眼裡，不論在美國或大都會台北的家，可都是求之不得的「金窩」，不過說來說去，對於也有歲數的阿福伯來說，哪怕是金窩銀窩，終究還是自己的老窩習慣舒適。因此，幾年下來，只要遇到難得的假期，國外的女兒還是會帶著孫子飛回來，兒子這邊也是盡可能地撥空，不是隻身就是帶著妻小返回陪伴。從此之後，兩老便不再遠行、甚或離開過大宅院的老窩了。

衝著有位當醫師的兒子，阿福伯和老婆只要不舒服，電話一撥就能免費得到諮詢，兒子也常提醒他們如何保養身子，阿福伯一天到晚也是逢人自誇，說什麼大病沒有，小病單靠他兒子的一句話也能病除，在健保IC卡通行之前，也就是行之有年的舊制健保紙卡上，跟他同齡的別人可能早就換成B卡甚至C卡了，而他的那張A卡[2]，一直以來確實沒蓋滿章，而且直到改用健保IC卡前，也始終從未換過新的紙卡。

然而，再怎樣的保養或謹慎，每個人終究還是會走上老化的一天，只要跟老化這兩個字一沾上邊，身體的零件接著就會「一二六六」鬆脫、甚而慢慢崩潰解體。果然有一天，阿福嬸開始走沒幾步就喊膝蓋痛，膝蓋關節的退化就找上門了！

還好有個當醫生的兒子，兒子委託在南部骨科醫師的大學同學幫母親動了刀，啊～

2 從一九九五年開始啟用的健保卡，用的是紙卡，而非現在的IC卡，在卡片的背面有共有六格，每看一次醫生就會蓋上一格，然後蓋滿六格就需換新卡，卡片則由A卡依英文字母以此類推，比如用完A卡就換成B卡、C卡……等。

「福」氣啦，阿福伯總是自恃上輩子燒好香、這輩子又取了個好名字，於是老婆阿福嬸從開刀、復健到復原得以自行走路，一切也都平安順利地度過。

在阿福嬸換完「身體零件」後，由於行動卡卡也需要復健，長期以來原本一直就幫阿福伯居家清潔的熟識阿姨，在兒子加碼的請託下，順勢協助代理兩老的三餐，直到阿福嬸身體康復後，兩老也都習慣且依賴她了，久而久之，那位阿姨儼然便成了阿福伯家中兼看護的家政婦，如此一來，家中既有兩老信任且熟悉的人協助照料，對於遠在美國或台北的兒女，自然放心不少。

只是，老婆既已過七旬、而阿福伯也來到八十來初的年紀，哪天誰的身體若突然遇有不測，說實在地，一點也不足為奇。

自從老婆退化性關節開過刀後，體力和智力也就跟著一天天地衰退，沒多久，最摯愛的老婆便開始有了失智的現象，阿福伯都會不厭其煩地陪著阿福嬸去就診，同時細心叮嚀並提醒她服藥，可惜，阿福嬸失智的速度，彷彿像是難以預告的天災般，轉眼便排山倒海而來，從不給人時間做好心理準備！

打從阿福嬸開始失智退化後，兩老就不再出現過雅婷家，每次雅婷父親過去探望他們時，阿福嬸早已認不得他這外人了，而對於枕邊人的阿福伯，聽說有時也認不得，甚至時而咆哮時而怒罵，情緒經常起起落落。

「好佳哉，她不會衝出門到處趴趴走，但是，都不要別人幫她洗身軀（洗澡），每次洗身軀就親像要她的命，她都會生氣甚至打人，很累！那當時我查某囡從美國轉來，連自己的查某囡也不認得呢，洗身軀時照樣打她！」

後來，聽說阿福嬸失智的情況更急轉直下，已經完全認不得自己的家人，每次洗澡都像是打仗般，需動員較多的人力才行，還會趁人不注意時玩起尿片中的大便、甚至挖糞塗牆！於是，阿福伯兒子又申請了另一位外籍看護前來協助，沒想到，年輕的外籍看護受不了阿福嬸的狀況，有一天趁著阿福伯外出辦事時，竟然落跑了！後來，只得趕緊再度向仲介重新申請另一位年紀較資深的外籍看護，此後，阿福伯除非不得已，否則再也不敢隨便外出，唯恐第二位外籍看護又再趁機跑掉了！

就在雅婷父親車禍意外前，她曾經陪著父親最後一次去探訪，只見阿福嬸像小孩般、乖乖地靜坐在客廳聽著他們聊天。

「身體好好的卻死不去，真正有夠拖磨……」

阿福伯陪著失智的老伴一路走來，十年過去了，就在即將邁入第二個十年時，也終於快要撐不住了……。

相較於失智、身體狀況卻猶然安好的阿福嬸，眼前年近九十的阿福伯蒼老了許多，如今行動也變得不太方便，誠如阿福伯說的，當初就是因為捨不得，從未想過要將一生摯愛的老婆送往機構照料，後來被失控的老婆搞到都快抓狂了，才曾經考慮是否該把她送去機構，但是，據說第一時間光是阿福嬸的評估狀況，就被他們想申請的機構給打回票了！

阿福伯的一雙兒女，一時之間也無法說走就走、甚且離開現有的生活返回老家長期陪伴照護，此時此刻，阿福伯更不可能帶著老婆離開、跋涉前往台北的兒子家，更別提長途飛行到遠在國外的女兒旁邊了！

大部分的時間，阿福伯也只能繼續守著自己的老窩，與台籍的家政婦、加上外籍的看護，三人一起守護形同陌生人的「牽手」。電視曾經報導過的人倫慘劇，身為長期看護的家人，落到最後受不了，導致照顧者帶著被照顧的親人一同走上絕路，他終於可以理解且想像，這樣的悲劇絕對有可能活靈活現發生在社會的某個角落，而不只是八點檔電視劇胡謅亂編的情節。

面對這幾近二十年老婆荒腔走板脫序的生活，漸漸地，阿福伯心裡越發無奈，也變得越來越沒把握，哪天他是不是也會看著眼前的老伴，然後裝作不認識，心一橫地，就把那一直牽著的手給放了……。

【來個特寫鏡頭吧】

「嘿啦嘿啦，大家都知道，誰叫你是阿～福啦！」被比下去的雅婷父親，橫豎自己行不改名坐不改姓，一時之間再也「膨風」不起來，當講到「阿～福」的尾音時，眼睛突然跟著上吊了一下，然後笑得超不自然地……。

第十二話　六人房的「租用地」

他們事先都有探聽好的，知道卡早我在做什麼的，所以對我都蓋尊重……

雅婷父親當時一開始是坐著輪椅、身上還帶著鼻胃管，且伴隨著開得了口卻「破聲」連連的情況下，入住了機構，展開他晚年的團體新生活。

經過好一段時日的休養，宛若幸運之神在她父親的肩上輕輕點了一下，從此之後，總算，從父親嘴裡，又可以吐出大家聽得懂的字句來了，同時，很幸運地，也從鼻胃管的灌食，漸次恢復到正常的進食。至於雙腳的部分，父親也不用再跟著他口中拳頭師（復健師）討價還價「練拳頭」了，因為他已從「拳頭師」那邊習得功夫，自己學會從輪椅起身開始的走路功、甚或獨自雙手扶著機構內的平衡道練習來回地走，當然，每次雅婷她們去看父親時，也都會陪著他練習走。儘管如此，腦傷造成的暈眩和失衡狀況，並沒有因此而完全消失，因此，他的「愛車」輪椅，依舊得standby，臨停在他的視線範圍內，以便隨時代步。

像這樣，雅婷父親外在的生理機能，都在期待下慢慢地恢復當中。

然而，這輩子除了年輕時服役的軍中生活外，雅婷父親從未有過其他任何團體生活的經驗，何況在其人生高齡的晚期，還得被迫與他人共處一室，可想見其心理上的排斥與抗拒。

當年雅婷新生報到時，是在父母親的陪伴下，將青春年少的她，送進大學迎接新鮮人的生活，而今，換成中年的她，不得不將垂暮之年的父親，帶往機構去過養老的生活。同樣的團體新生活裡，一個是迎向歡欣與希望，另一個感覺卻像是走往無奈與落寞，不禁讓身為女兒的她，格外地心疼。

雅婷父親入住的機構，大概拜剛開張沒多久之賜吧？所幸沒有一般機構常有的怪騷味，在父親的團體新生活裡，即使是與其他爺爺共宿的附衛浴六人房，不過採光充足明亮，空間上也算寬敞有餘裕。

平心而論，對於機構起碼的基本環境，雅婷家人認為，父親應該是可以接受的，不過，誠如大姊雅雲以前常說的，小時候逢父親午睡被吵她必被罰的經驗，對於睡覺品質講究靜悄悄的父親而言，想要在這樣的團體生活裡睡好覺，恐怕是一項極大的挑戰吧？還有，一直以來在自家臥室裡睡覺時，父親他那「不准開燈」的堅持，在如此尚有他人同宿的六人房中，不知會迸出如何的電光石火？光想到這些父親既有的習性，便足以令雅婷一家人捏把冷汗了！

大致說來，幾乎一般的長照機構都大同小異地，在父親入住的機構裡，或許考量長輩早睡早起的作息，通常爺爺奶奶的三餐，較之外面的一般人都會吃得較早，既然用餐吃得早，回房入睡的時間，大抵也就跟著提前，因此，俟爺爺奶奶用完餐後，如果不看電視或沒有其他事情可做的話，八九不離十通常都會早早回房休息。

事實上，早在雅婷父親車禍前，在家他便習慣過著晚餐早吃的生活，甚至連平常睡前必看的晚間新聞，後來也漸變得意興闌珊，然後不知從何時開始，在家中竟成了最早入睡的人了。

機構裡的用餐早、入睡也早的模式，基本上與父親之前在家的作息不算有太大的違和感，因此，隨著他正式成為機構大團體的住民後，好幾次傍晚雅婷去陪父親，很快他便能「入境隨俗」地，在用過晚餐稍做散步後，喊著睏了就回房就寢。

然而，對於一般上班族的作息而言，機構裡的用餐和入睡時間，顯然稍嫌過早，每當雅婷陪著用過餐散步完的父親進房間就寢時，其實大抵都才華燈初上，也剛好是很多上班族結束一天工作正要返家的時間，因此，不少爺爺奶奶的家屬，大都只能利用下班後，趕在機構會客時間內，前來陪伴或探望他們家人。

「真正有夠無意思，我都要睡了，啊他們為何還在裡面唏碎啥物（碎念什麼）？」

於是，說巧不巧地，幾次在父親進房準備要入睡時，便遇上同寢室其他爺爺室友的家屬入房探視，既然來了，家屬和爺爺之間的寒暄聊天自是免不了，即使爺爺有的是臥床無法言語，雅婷常看到其中的家屬，在幫長輩按摩翻身的同時，還是會跟在床上的親人講講一些日常。

可是，雅婷父親這廂「老爺我就是想睡」，根本管不了那麼多，有時候遇上他尚未睡著前，索性便會起身，接著就衝著人家家屬一瞪，悻悻然地只好再出來房外的交誼廳亂晃；有時候情況較慘的是，在他呼呼大睡時，不巧家屬入房探視，或是護理師進入房內幫其他室友的爺爺抽痰，於是大家就這麼開燈「咔擦」之下，從夢中被吵醒的父親，既不能像過去在家時，把吵醒他的大姊抓來罰跪一番，不過，若不找個代罪羔羊好好發洩一下，彷彿很難平息他那無端被弄醒的怒火。結果，聽說有好幾次，當場無辜的家屬或護理師，自然便成了他被吵醒的洩怒對象。

曾身為過來人也掛過鼻胃管的父親，不也有過痛苦與不堪的抽痰經驗嗎？只不過恐怕那些難堪的記憶，幾百年前早就被他丟棄殆盡了，何況當下被吵醒的他，哪會去站在別人的立場設想？

好氣又好笑的是，隔天一覺醒來，再看到他時，就完全沒事地，臉上就又重新堆滿了古錐的笑意，就算想要跟他細說、或計較前一天的吵鬧，反而會變得不知如何說起了。為此，雅婷也只能背地裡時不時幫父親做公關，總是忙於善後，跟家屬和護理師致歉。所幸，大部分的時候，被父親無辜數落的家屬和護理師，都極盡包容體諒之能事，讓事情化小變無。

不過，或許是出自父親和家屬、乃至護理師間發生摩擦的契機？在父親多次和家屬起衝突後沒多久，機構也開始考量重新規劃「屬性」類似的住民同房，以利管理之便。彼時，另一頭正好有個六人房整個空下來，於是，機構人員在徵得父親本人和雅婷家人的同意下，首先讓父親移往該空的六人房入住。

如此一來，在尚未有新住民入住前，父親得以六人房的費用，獨享幾近一人一房ＶＩＰ級的待遇，豈止是可遇不可求？雅婷和工作人員心想，這下應該可以暫時解決父親睡覺時被打擾的問題吧？同時也可顧及需抽痰的住民應有的權益。

豈料，入住才幾天，對於一個人在偌大六人房的獨居生活，雅婷的父親竟害怕起來了！沒多久後，聽說其他房同父親「屬性」的某位爺爺，看到父親轉房也想跟著「喬遷」入住，怎奈父親反而以「角頭老大」自居，唯恐別人過去搶他的「地盤」，居然擅作主張，不准新的「房客」入住！

「他們事先都有探聽好的，知道卡早我在做什麼的，所以對我都蓋尊重……」

「這片土地是我開墾的，我蓋早就過來這邊了，別人還肖想要過來租厝……」

那段時間，雅婷父親時而思緒錯亂，一下子誤把房內的每張床位，當作是自己私有的「租用地」，一下子又自詡為六人房的大「地主」，每次他都說得天花亂墜、講得有模有樣，搞得大家私底下都啼笑皆非，儘管如此，只要無傷大雅，雅婷和工作人員都很有默契地，大抵不會刻意去戳破他那天馬行空的瞎掰胡謅，甚至還會配合他的「劇本」，乾脆順勢跟他合演一齣。

「嘿呀，這是你蓋早開墾的，而且，現在地價嘛都起（漲）囉……」

「別人的厝，都沒我的水（漂亮），我的卡特別……」

父親也對於他床上牆壁吊掛的花飾，一直沾沾自喜，那是之前學校畢業典禮時，雅婷將學生家長送她的人造花，借花獻佛拿來幫父親床位擺飾的。

「那是給小朋友的，我才不要咧！」

記得當初一開始要送他時，雅婷父親前一秒都還嫌鑲有小熊的花束太幼稚，後一秒卻又完全自我打臉，只要一見到誰進入房內，逢人便指著花束炫耀一番。

「你看，很水吧？偶女兒送偶的！」

「吼～真水！好漂亮啊！」

等獲得他人的稱讚後，更是超倍放大自我良好的感覺！對於自己的厝（床位）絕無僅有的花束滿心歡喜之餘，深怕花束哪天不小心掉落，甚且還大費周章找來工作人員，將花束牢牢地釘固在牆上，好讓他得以隨時「品香」一下。

像這樣地，父親移居新房展開一個人的「偽獨居」生活，甚至讓他曾經擁抱過「大地主」的美夢，只可惜不到一個月的時間，雅婷曾經仰賴「天不怕地不怕」的父親，到頭來，還是敵不過一個人「獨居」的恐懼感，居然吵著要回去原來那頭客滿較熱鬧的六人房，後來，也因為機構內陸續又有新的住民入住，房間逐漸不敷使用了，於是，工作人員，只好順勢終止了父親繼續當大地主的美夢。

結果，繞了一圈又回到原點，雅婷父親再度搬回到原來那頭的六人房，只不過這回改換到隔壁的房間，在不同的室友作伴下，不再孤單一個人地，重新開啟他那熱鬧滾滾的團體生活模式。

【來個特寫鏡頭吧】

「這片土地是我開墾的，我蓋早就過來這邊，別人還肖想要過來租厝……」

父親說著時的眼神閃閃發亮，當年叱吒在商場上的父親宛若又回來了！讓身旁的雅婷也直被逗樂了！

第十三話　燙這啥鬼頭

古早以前有位父親，從不會花心思在自己所謂的「行頭」上，對於家中還在就學的女兒，外在的打扮如何，當然更是無所謂了。有一天，頂著一顆「爆炸頭」的女兒剛踩進家門，原本愉悅吃著午餐的他，正巧對上這顆頭，差點沒傻眼，連剛吞進去的飯粒，還沒來得及嚥下，就快要跟著「豬頭」兩字，從他口中給噴了出來……。

雅婷剛考上大學的那年暑假，好不容易經久的升學壓力，總算完全得以卸下了，大解放後的青春，吃飽閒閒沒事做，太多的百無聊賴之下，她變得有更多的心思，浪費在頂上那頭的「清湯掛麵」了。

該是拿下那醜不拉嘰的標籤、澈底改頭換面的時候了，雅婷滿腦子想著。

所謂「人不愛美，天誅地滅」，雅婷父親可能沒想到，一直以來在他心中的「糖霜丸」，有一天終於長大了，也會愛美，也想要蛻變成美麗的蝴蝶。

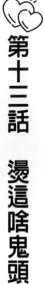

於是，距大一新鮮人報到前、剩下不到一個月的某一天，雅婷拿了父親的錢，三步併作兩步，急著便跑去附近的家庭美髮院，「現在就開始改變，麻雀也能飛上天」，夢想學著蔡依林，打算來個「糖霜丸」的七十二變。

一踏進美髮院，雅婷髮型雜誌翻了老半天，其實不說自己也心知肚明，髮型書終究只能當參考，就算她指著髮型書要美髮師「比照這顆頭」辦理，最後還是很難百分之百複製貼在自己的頭型上，即便有名設計師的巧手加持，也別肖想乖乖坐在美髮院的幾個鐘頭後，就能變魔術般，把自己換成當年「松田聖子」的那顆偶像頭型，通常最後「完燙」出來的，十之八九可以確定的是，直髮確實變捲了，但，你還是原來的你，那顆頭還是那顆頭，永遠變不出偶像的把戲，何況，雅婷走進去的，不過是自家附近、小小的家庭美髮院罷了！

「請幫我燙個大學生頭」，雅婷很想乾脆直白就這麼跟美髮師說，又怕話一說出會笑死人，於是外行人佯裝故做內行般，謹記著出門前母親所提醒的，說是要燙「烏漆媽ㄎㄧ」[1]頭就好，這讓她憶起小時候，第一次被媽媽帶去美髮院燙髮時，好像也是叫做「烏漆媽ㄎㄧ」。

然後，果真如她所料，髮型書完全派不上用場，「烏漆媽ㄎㄧ」，雖然她照著母親的提示說了，不過，說了也彷彿是多餘，最後，全憑美髮院老闆娘的自我感覺「設計」。

---

1 內卷（うちまき）uchimaki，日文內捲燙髮的俗稱。

當她一返回家門時，完全不被父親看在眼裡，因為，對於他而言，出門前和回家後的女兒，根本沒有哪裡不一樣，唯獨母親幫她按了讚。

「嗯，蓋古錐呢！」

頂著全新的髮型，在鏡子前，故意撥弄一下前額的瀏海，說不上十分滿意，至少「清湯掛麵」的標記，整個完全不見了，有一瞬間，在雅婷內心的小劇場裡，以為鏡頭前的自己是松田聖子，忍不住竊笑了。

後來，北上正式成了大學的新鮮人，只是沒想到，校園裡放遠望去，像是大家全說好似地，很多大一的新生，將高中時期的清湯掛麵，故意留長披肩，至於其他的學姊前輩們，也幾乎各個飄逸著長髮的「仙氣」，相較之下，自己特地用鈔票換來的這顆頭，反倒落俗了，簡直像極了誤闖校園的大嬸哩！

雅婷第一次為自己所做的「七十二變」，卻變出個四不像，完全大慘敗！

事隔一年，雅婷在校園的身分再也不新鮮了，彼時校園才開始跟進一股「捲」風，班上同學好多原本直髮的飄逸，一個個變成了捲捲的浪漫，當然，那種捲，絕不是她一開始的那種大嬸捲。愛美打不死的雅婷，選擇「把自卑留給昨天」，不過，在台北都會裡，她可沒有勇氣踏進那些「貴桑桑」的沙龍或美髮店，好不容易等到暑假，那個夏天，雅婷再度又走入自家附近的那家美髮院。

「這次妳想燙什麼樣的髮型？」

不知是期待已久的興奮過頭、抑或太過緊張？當時同學間很潮的那種「螺絲燙」，自己出門前猶仍閃過腦際，孰料，被美髮院老闆娘的這麼一問之下，突然間腦筋竟一片空白，「螺絲燙」那三個字，無論如何，就是無法從她腦子裡跳出來。

「要不要燙『米粉燙』？現在蠻流行這種燙髮喔！」

就在她想破頭還是無法浮現「螺絲燙」三個字前，美髮師搶先推薦了這款髮型。

然後，像是被催眠似地，雅婷耳朵只聽見「蠻流行」這三個字，隨即便沖昏頭錯把「螺絲」當「米粉絲」給燙了下去。接著得忍著長達幾個鐘頭挨餓不吃午餐的情況下，雅婷還自我陶醉般、坐享等著美髮師完成的「傑作」。

結果，歷經四個多小時後，總算美髮師一一拔除頭上所有的捲子，不久雅婷從鏡子裡赫然才發現，怎麼出現如獅子般的大頭時，差點沒驚聲尖叫！

「怎會這樣？我的螺絲燙呢？」

雅婷這一驚魂下，心頭倒是把先前忘掉的「螺絲燙」那三個字給震出來了！但，此刻為時已晚，螺絲，早已變成米粉絲了……。

美髮師從頭到尾，彷彿像是沈浸陶醉在自我的「傑作」般，燙完後還帶點洋洋得意的姿態，只是對變了調的心情，幾乎已然說不出話的雅婷來說，趕緊付了錢，連鏡子也不敢再多望一眼，隨之宛若逃離命案現場般，倉皇拔腿就奔回家了！

「哎喲喂……」

當她一踏進家門，從公司下班回家、正在吃午餐的父親，正巧眼睛對上了她的新造型，當下害他吃進嘴裡的菜餚，差點沒吐了出來！

「妳電（燙）這什麼頭？有夠無彩我的錢（有夠浪費我的錢），吼～ㄎ看死！」

或許是頭上的那顆「獅子」太過爆炸性了！讓向來只負責給錢，從不過問如何花錢的父親傻了眼，終於，也發現她出門前後的不一樣了，無奈，美髮師嘴裡聲稱正夯的「米粉頭」，看在父親的眼裡，簡直就是——「豬頭」！

那個正午，最後險些害雅婷父親消化不良。

「屋漏偏逢連夜雨」，更慘的是，那個暑假，因為頂著那顆「炸米粉」頭，嚇跑了電腦幫她揀選出來的大帥哥呢！第一次參加校際電腦擇友的雅婷，慘遭「見光死」的命運！

不想再讓那該死的「豬頭」，留下更多的悔恨記憶了，於是，趁著暑假結束開學前，雅婷偷偷又跑回美髮院「自行了斷」，將那坨「炸米粉」，還原弄回直髮的「清湯掛麵」。

那個夏天，當雅婷自顧自地毀掉那顆「豬頭」時，早已麻痹的父親，完全不清楚這當中，她所經歷過的曲曲折折，而且，他更不知道，因為愛美的「糖霜丸」，就這樣讓他的鈔票，悄悄地又「咻～」地飛走了好幾張。

想當年，是父親一手奠定的經濟基石，讓雅婷才能享有高枕無憂、不識人間煙火的大學生活；也是得自父親的那份疼愛，才能無視於她這般任性地搞怪揮霍！從小到大，父親盡是放心地讓她「放牛吃草」，也因為那份說不上來的安全感，在雅婷的心中，只要父親在，哪怕天塌下來，她都能老神在在。

雅婷陪著父親邊走、邊將身體微傾的他又拉回來，同時，那頭緊緊握著她的手也像是不願鬆開。

歷經過大手術的腦筋，縱使父親的思維無法再輪轉自如，唯一不變的是，他那無厘頭式的幽默，偶而還是不經意地從他嘴裡迸出來，令她不覺莞爾。

「那麼愛水創啥（幹嘛那麼愛漂亮）？規氣（乾脆）像我這樣，剃個光光就好了咩！」

當年「炸米粉」頭的蠢事，隨著青春的逝去，早已過去了！

如今，雅婷和父親間正在進行的，彷彿電影時空交錯下彼此體位互換的情節，肉體逐漸衰老的父親，內心成了當年長不大的雅婷般，而同時正接受初老事實的雅婷，心裡反而不斷地壯大，她想學著當年的父親，讓眼前「還童」的他，有個安全的倚靠。

看著父親就快變成她的「糖霜丸」了，面對這樣的轉變，她從未曾想過。

【來個特寫鏡頭吧】

「那麼愛水創啥？規氣像我這樣，剃個光光就好了咩！」

擁有禿頭多年歷史的雅婷父親，曾幾何時，也是有過烏黑頭髮的，早已習慣沒事「自摸」的他，說著說著，又在他那沒幾根毛的頭頂上，摸過來又摸過去了！

第十四話　三千煩惱絲

妳只要幫我修邊邊就好，中間的部分就免喔……

那天，雅婷翻開家裡舊有的相簿，裡頭有張父親年輕服兵役時拍的大頭照，頂著一頭烏黑茂密髮絲的他，曾幾何時，也是位俊俏的型男啊！只是不知從什麼時候開始，記憶中的父親，早就被「禿頭」的形象所取代了，而且沒禿的地方，髮絲也是寥寥無幾在頭皮上點綴般，一年容易又過去一年，從未看過父親染過髮，頂上半禿的白頭殼就不再黑過了，即便是後來再冒出來的「嫩芽」，同樣也是雪裡白。

雅婷父親頂上在尚未變成全禿與全白的日子前，擁有娃娃臉的他，看起來比實際年輕許多，而且，他說話的聲音，就算在步入中年時，聽起來還依然像是「少年家」！

「我打電話過去時，妳哥哥接的電話，說妳出去了！」

在雅婷還小的時候，有一天，大她十來歲的大姊雅雲，剛好她的一位友人來電，那次洽巧是雅婷父親接的電話，結果，一時之間的誤會，陰錯陽差地，就這麼讓雅婷家中平白多出了一位「兄長」。那段時間，家人經常左一聲「大哥」、又一聲「阿兄」地調侃父親，看似沒大沒小的稱謂，聽在雅婷父親的耳裡，根本就是爽在心頭。

聲音的青春，總是喜歡依附在雅婷父親身上，如今又禿又白的他，早已是老翁的樣貌了，倘若再度只聽其聲不見其人的話，他的聲音，聽起來頂多也只是從「大哥」變成「歐吉桑」罷了，一點也感受不到老阿伯的「聲」形。

再把時間拉回到距今約莫三、四十年前，雅婷父親還在商場走踏的那個年代，對於自我的穿著從不跟風走時尚派，但基於外面交際應酬的需要，他對於「面子」的打理上，多少還是不能太馬虎。

「我身軀穿的這件『siat-tsuh』[1]，有夠『帕里帕里』（拉風流行）吧？講起來，這件『蝦子』，全台灣只有兩人在穿，除了秦漢以外，另外那一人，就是我！」

當年的秦漢，可說是瓊瑤電影下的當紅炸子雞，不僅堪稱跨越年紀通殺級的小生，在父親的心目中，「秦漢」兩字，簡直等同於瀟灑帥氣，套句現代的用語，就是「型男」啦！至於當時穿在他身上那件藍色類丹寧布料襯衫，可別當真以為，只有秦漢和雅婷父親兩人，才

1 台語的外來語，即襯衫（shirt）的意思，日文發音為シャツ（shatsu），日據時代流傳下來的說法。

穿得起的全台限量絕跡品，那不過是她父親為了凸顯自己的魅力依舊，一種往自己臉上貼金的另類說詞罷了！說也奇怪，那件藍襯衫套在娃娃臉下的雅婷父親身上，說真的，看起來的確顯得更年輕了！也難怪愛臭屁的他，有好長的一段時間，經常都穿著那件心目中的潮衣到處趴趴走。

那件外顯年輕的襯衫，頭一回讓雅婷意識到，其實，父親多少還是會在意自己正在流逝的青春。

就在距他車禍的前一兩年吧？父親還跑去做了一件事，差點沒讓雅婷的下巴掉了下來。原來，父親發現自己臉上冒出了明顯的黑斑，或許早已讓他越看越礙眼了，有一天，逕自前往皮膚科，悄悄做了雷射去斑，那是雅婷記憶中，唯一的一次，父親不惜將「孫中山」，就這麼浪擲在自己的外表上。

或許，向來「凍齡」的臉蛋，一直就是他青春不敗的門面，因而當黑斑開始入侵、趁尚未大舉攻佔肆虐他臉上整個版圖前，只好速求雷射軍團火速殲滅吧？

否則，比起雅婷當年燙髮百變愛美的程度，就算歲月讓父親頂上的茂林，早已走向「不毛之地」了，可他一點也不煩憂。一直以來，父親習慣把自己的頭髮交給住家附近的理容院，因為是多年的常客，不消多開口，老闆娘阿桑就知道如何動刀修剪了，何況，父親那根本不及三千、且灰了白的髮絲，所求也不多，了不起百元便能完剪解決，然後定期稍事修剪，只要不搞成「南極仙翁」的誇張模樣就行。

自從雅婷父親住進機構後，不再有機會，回到熟悉的理容院剪髮了，取而代之地，常有外來的美髮義剪，前來為父親及其他爺爺奶奶們修剪，而那些前來共襄盛舉的美髮師，幾乎看不見像家庭美髮（理容）院操刀的阿桑們，有的可是一群群青春的正妹，時常展現她們的熱情與愛心。

父親第一次在機構接受美髮義剪時，雅婷一如往常下完班便趕過去陪他，不過有別於平日，當天一看到他，直覺父親整個的神清氣爽。

「妳只要幫我修邊邊就好，中間的部分就免喔……」

聽工作人員說，父親義剪的當下，對美髮師如是說。

父親的「地中海式」禿，如今碩存的毛髮，僅剩下兩旁鬢邊及後腦勺下半微乎其微的面積，至於頭頂上中間的大部分，早已看不到任何一根髮毛的滋長了，事實上不用他多加分說，美髮師明眼一看，就算是想在那上頭動刀，恐怕也動不了。

雅婷還從工作人員口中得知，那次義剪為父親「操刀」服務的美髮師，既又是年輕的正妹，怪不得父親滿臉的春風盎然。「塞翁失馬，焉知非福」，這算是他無法再踏進家庭式理容院的因禍得福嗎？

自從有了令人愉悅的初體驗後，每逢機構的美髮義剪活動，雅婷父親像是食髓知味般，都會喜孜孜地「搶頭香」，第一位排隊捧場參與。

後來，隨著新冠肺炎的防疫，尤其在疫情嚴峻的時期，家屬會客都被全面禁止了，自然，外來的美髮義剪團體或其他志工活動，也全都被迫取消。一時之間，很多事情都像是暫時被按了下停止鍵，然而，父親頭上那沒幾根的髮絲，才不管疫不疫情，並沒有因此跟著暫停生長。

隨著機構內所有的活動都被迫喊卡，原本清閒的雅婷父親，似乎變得更百無聊賴吧？結果，每天一早盥洗時少不了的照鏡之下，那幾根從不會是煩惱他的白髮絲，竟成了每日關注的焦點，一旦發現頭髮長時，若不即刻修剪，就像是剪不斷理還亂地，雅婷父親便會無時無刻嚷著要「剃頭」。

可是，防疫期間的義剪沒了，想當然耳，雅婷也無法以剪髮的理由，任意帶父親外出。

還好，與其說是「剃頭」，父親無疑只是想圖個「剃」光清爽罷了，根本無需任何髮型的設計，也就不一定非仰賴有證照的美髮師不可，必要時只需一把剃刀，以及一位有剪髮經驗的人，應該足以解決父親的頂上煩惱。

正巧，機構內雅婷父親口中常說的那位「躼跤」（ㄌㄜˋ ㄎㄚ）[2]外籍看護阿菲，既是專責

---

2 「身材高挑」的台語說法。雅婷父親老是記不住阿菲的名字，因為阿菲是機構裡頭身材較高挑的一位，因此，私下父親都管她叫「躼跤」。

照顧他的熟悉者，而且也有幫人剪髮的經驗，即便擁有「正妹不及、阿桑未滿」的外表，躼跤的阿菲，頓時成了疫情期間，幫父親解決三千煩惱絲的不二人選。

阿菲開始幫父親剃髮幾次後，好不容易疫情轉為趨緩，機構又恢復開放家屬預約制的短暫會客，有一天，在雅婷前往和父親會面時，聽說「躼跤」阿菲在這之前早已先幫父親剃過髮了，結果，腦袋開始退化的他，卻一直為著「剪髮沒給錢」掛記著，然後一看到雅婷，便像錄音帶不斷倒帶般，同樣的話題轉了又轉。

「你可以給我錢嗎？啊我身軀攏無半仙（沒半毛錢），我已經剪了頭毛（頭髮），不可以不給人家錢啊！」

「老爸，我有聽說那位『躼跤』幫你剃頭毛了，我會幫你付錢給她，免煩惱啦！」

「啊你要卡緊拿兩百元給那位『躼跤』（父親始終記不住阿菲的名字）喔，因為我身軀攏無半仙哩。」

以前雅婷父親自己去家庭理容院修剪他那顆禿頭，連一百元都嫌貴了，這下居然開出超過「行情」的價碼，還怕被人誤以為，他故意沒付錢想剪「霸王」頭。

然後這波剪髮過後沒多久，只要發現自己的髮絲又長出個幾公分，雅婷父親就又會週期性地煩躁起來，像這樣吵著「剃頭」的戲碼，約莫一個月就會上演一次，頻率還遠遠超過雅婷整理頭髮的次數呢！

「我想要剪我的頭毛，吼～又變長了……」

這段義剪美髮師進不來的防疫時期，雅婷尚且沒聽其他家屬說自己的親人要理髮，父親三不五時便討著要「剃頭」，於是，在這些非常的日子裡，「艇跤」阿菲，儼然成了父親專屬的美髮師，連續幾次月底的帳單明細中，自然而然地，也就多了那筆小額的支出——五十元的剪髮費用。

父親平均每個月喊一次的「剃頭」，機構裡的人早已習以為常，想起以前父親在家時，也沒那麼勤跑理容院，母親倒是見怪不怪，對於雅婷而言，當然更是再清楚不過的事了，不過，後來較少露臉的大姊對此，卻是完全不知情。

有一次預約會客的時間，大姊說好前往探視，正巧遇上父親討「剃頭」的時間到了，結果，討錢理髮的台詞又出現了。

「妳有一百元嘸？我要剪頭毛，啊我身軀攏無半仙給人哩！」

當下拗不過父親的索求，剛好大姊雅雲身上也有百元的現鈔，於是不明究理便給了他，雅婷父親一拿到錢，聽說開心地，立馬便將那一張百元紙鈔放入褲子的口袋內，嘴裡同時還不忘碎念著終於可以給「艇跤」剪髮了。

與父親的會面結束後，大姊雅雲離開後沒多久，機構便去電給雅婷了！

「姐姐，爺爺剛剛拿了一百元說要理髮，請問你們有給他一百元嗎？」

由於錢財之類的東西既沒長眼睛，況且，紙鈔上也無法註記所屬人的名字，加上機構內的爺爺奶奶一個比一個天真健忘，為避免造成不必要的糾紛和誤會，雅婷父親入住的機構，都不建議將個人私有財物放在爺奶的身邊。再則，機構所有支出款項的窗口只對家屬，即便父親想給錢，機構也無法代為收之的情況下，只能先行跟家屬雅婷做確認。

之後接著沒幾天，雅婷再去看他時，父親果真忘了錢入口袋的事，但依稀還有紙鈔什麼的片刻印象。

「阿婷，妳有看到我的紙票（紙鈔）嘸？」

「沒有喔，啊你還記得多少錢嗎？我若是有看見，就拿給你。」

「好像是五百元喔？哎唷，袂記（忘記）啦！」

還好，父親當下並未吵著找回他的「紙票」，倘若那一百元最後被搞丟也就算了，雅婷同時也做好這樣的心理準備。

數日後，聽說雅婷父親於機構丟入洗衣籃的外褲口袋裡，被發現了那張大姊雅雲給的一百元「紙票」，於是，機構的人，又神不知鬼不覺地，隨即將那一百元歸還給家屬雅婷，父親則依舊過著他的日常，全然沒再追蹤或倒帶「紙票」的事，那樁「百元紙票」事件，於是悄悄地平安落幕。

後來，隨著疫情一度趨緩，機構曾經逐步恢復外來的志工活動，其中當然也包括美髮的義剪。

「頭毛又長了！我哪會看起來那麼老啊！我要剪頭毛！」

「爺爺，改天就會有人來義剪了，剪免錢的喔！要不要等義剪的人來再剪？」

「我要卡緊剃剃誒，不然，我就不要洗身軀……」

自從習慣「躼跤」的阿菲幫他剃頭之後，父親顯然忘了先前有過正妹義剪的「福利」，當他再度發現髮毛長了，哪怕不說不看也不會覺得那麼明顯的情況下，性急的父親，就是非得要及時解決不可，否則他就會像孩子般吵翻天！而且雅婷萬萬沒想到，父親竟還會使出「不剪就不洗澡」的招術半威脅呢！

「老爸，是說你頭毛都發（長）得這麼快，但是你的目眉（眉毛）好像都不太會變長，還烏烏（黑黑）的，老爸，你有發現你的目眉好像是人家說的『三角眉』嘸？聽說『三角眉』的人……」

「是奸臣啦！」一時間，雅婷還想不起來聽說「三角眉」的人怎麼來著？沒想到從父親自己嘴巴裡，馬上就接著跳出這兩個字眼了。

「哈哈，老爸，你自己說的喔！『三角眉』的人是『奸臣』喔？你自己說的喔！」雅婷忍不住笑了出來！

「人說若是查某人（女人）『三角眉』，就表示有智慧，換作查埔人（男人）『三角眉』，就是奸臣啦！」父親絲毫不動聲色地，完全一副說笑話的高手。

姑且不論是真是假，父親的這個「三角眉」之說，簡直讓雅婷笑到歪腰！難得有機會讓父親搬出學問大做文章，當下也成功地轉移了他那亟欲剃髮的蠢蠢欲動……。

【來個特寫鏡頭吧】

「你可以給我錢嗎？啊我身軀攏無半仙（沒半毛錢），我剪了頭毛，不可以不給人家錢呢！」

昔日大老闆的口袋裡總是money飽飽，而今身無分文，一心一意懸著那欠著人家的理髮費，雅婷父親的那雙眼神，此時此刻流露出的滿滿期盼中，像孩子般既單純又無辜。

第十五話　用愛陪伴父母

對於年輕時曾照顧過我們的父母，在他們的晚年，值得我們用「愛」、而不是「孝」去陪他們，才有辦法在照顧父母的這條路上走得長久。

——擷自張曼娟

「我老爸因為一場車禍，導致顱內出血，剛開始我們擔心他年事已高，不敢貿然讓他動刀，還期盼日後他腦內血水能自體吸收。

「就這樣在沒開刀的情形下，於他住院觀察幾週後，醫師就請我爸出院了！我爸從此之後因大腦的失衡，導致無法行走被迫坐了輪椅，醫師也說他出院後得小心，建議最好隨時有人在旁，否則一旦跌倒了，恐怕會造成顱內再度出血，屆時勢必就得動刀了。

「不過，當醫師告知我爸可以出院時，說真的，一下子我們全家都慌了，在那之前，其實我自己也生了場病才剛請完長假，學校那邊不能臨時喊停又再請假，而我媽本來就疑心病較重，她堅決反對請外籍看護，加上她早已有帕金森氏症狀，多年前就開始在服藥，自身也難保了。醫院的『逐客令』又迫在眉睫，所以，一開始我們曾讓我爸先住進了這家機構。

「後來，我姊以機構太貴的理由，提議申請外勞，但妳知道的，我家是透天厝，樓梯爬上爬下的環境，勢必得調整改造成無障礙的環境，重點是還卡在我媽那關，仍舊不鬆口請外勞。結果有一天，我爸突然提說，如果申請外籍看護，他可以跟著外勞住到大姊家去，想是我大姊一家既是頂客族、剛好也沒跟公婆住的壓力，最重要的是一樓有個孝親房，而且大姊家離我家也不遠，我下班後也能過去大姊家陪他，我爸若想回家，隨時也可以回來坐坐。

「『可以是可以，只不過那間房西曬，就怕老爸會受不了！』沒料到我爸的這個提議，讓大姊頓時險些措手不及。

「『我都還沒住進去，怎知道我會受不了？』我爸的這句話，更叫大姊騎虎難下。

「於是，就在半推半就的情況下，幾個月後，隨著外籍看護阿蒂報到，大姊接手負責照應我爸。

「不過，自我大姊嫁做人婦後，像那樣父女同在屋簷下的生活，還是頭一遭，加上長期以來大姊和我爸之間，冥冥中總像是八字不合，坦白說，這樣的生活模式，的確令人有些不安！

「一開始大抵都相安無事，我爸看起來也很開心，和看護阿蒂之間彼此也逐漸習慣，之前的擔心想是多餘了。豈料，看似Happy的日子才剛滿月，終究還是發生事情了！

「也許是腦傷帶來的後遺症吧？我爸變得有些老番顛，然後，突然像當年過世前的奶奶一樣『視錢如命』，口袋內一沒錢就缺乏安全感似地，動不動就叫看護推著輪椅帶他回家中開抽屜，然後拿起存摺便翻呀看的，甚且不斷勤於跑銀行領錢，一領就是上萬，有一次筆誤多加了個零，想不到銀行行員二話不問，照樣給他領回了二十萬元。

「有一天，終於引燃了家庭一場大風暴！

「我爸看著存摺的同時，不知哪根筋不對，突然天外飛來一筆，異想大姊私吞他的帳戶錢款，把我姊罵得狗血淋頭，甚至脫口說出不惜斷絕父女的關係！後來我們的推測，極有可能因著那場風波，我爸的暴怒，瞬間害他血壓飆升，加上那段期間他為了亟欲領錢，前前後後的家裡和銀行奔波，雖是坐在輪椅上，好幾次也差點跌跤。就在那場家庭風暴過後沒幾天，我爸的狀況便戲劇性地急轉直下，經緊急送醫後，彼時顱內的出血，早已變得相當嚴重了，隨時都將與死神交關！到頭來，終究他還是逃不過開腦的命運！

「當父親大腦術後還在醫院被觀察的同時，眼見為著努力活下去分秒必爭的他，我們實在不放心此時此刻的看護工作，交由一位毫無經驗還在學習如何照料鼻胃管病患的阿蒂，於是，在醫院這邊，我們另外還請了台籍有經驗的看護協助照料父親。那段期間，原本我們打算觀望，續留好不容易才申請到的阿蒂，並嘗試讓她先協助關照我媽。

「無奈我媽在此節骨眼立即跳出來，以疑心阿蒂拿走她的菜錢為由直接回拒；而那場家庭風暴身為受害者的大姊，『一朝被蛇咬十年怕草繩』的心態依舊，甚且趁著老爸還在醫院時，火速趕緊便將父親的衣物用品，全打包送回家裡，似乎藉此想將照護老爸的事做個了結。

「她說，接下來她要忙婆婆照護的事，老爸的事以後恕不『接管』了！面對大姊如此的『絕情』，我媽全都看在眼裡，卻也敢怒不敢言。

「一下子真的找不到最好的捷徑了，況且當時我爸亟需照護的情況下，比起他剛車禍時有過之而無不及，特別是那時候，他身上還掛著鼻胃管，同時得面對接下來不知能否說出話的未知，所以最後不得已，又讓我爸回到曾經熟識的這家機構。」

雅婷邊回憶，邊跟學姊述說，宛若一段冗長的電影情節。

「學姊，我印象中妳爸不是很早就離開大陸了嗎？他是怎麼了才住進這裡的？妳媽媽還好吧？妳是因妳爸的關係，才暫時返台的嗎？」

在她們都還青春的年代，雅婷看著比她早一年從大學畢業的學姊當上了國小老師，後來趁著那時的國小師資荒，自己也仿效學姊，同樣搭上國小教師的順風車。可學姊才教了幾年書，為了長跑多年的愛情，還是甘願放下到手的鐵飯碗，和學長遠赴美國過新生活去了，從此之後，因著彼此各自忙碌的新生活，兩人原本形同姐妹的情誼，卻在不知不覺中，逐漸走向了平行線。

沒想到事隔多年，雅婷和惠雯，都因父親的關係，再度接通斷了的音訊。

「雅婷，不瞞妳說，我已經離婚了！」

接著學姊惠雯說著，一邊陷入塵封已久的回憶裡。

「我離婚的當下，其實心情整個都還在沈澱調適中，一開始並沒想過要立即回台。在那之前，我媽早就退休了，她一直都很喜歡出國旅遊，也曾有一次跟團飛來找我，不過，那大概是她最後一次的長途飛行吧？

「這幾年她的身體每況愈下，尤其她本來心臟就不太好。然後有一次聖誕假期我返台回娘家時，乍見我媽在廚房料理起鍋前，好像突然不知該放些鹽巴或什麼的，當時感覺她，就像是變成一個完全不熟悉家裡的外人，一下子東找西找、一下子又是手忙腳亂地，那時候我腦中閃過了一個不好的預感，她可能出狀況了！就在那瞬間，內心的聲音告訴我，時候到了，於是我放下在美國的一切，選擇回台。

「不過，因著離婚的身分，妳別看我媽曾經是個老師，觀念還是挺守舊的，為了顧及爸媽面子的問題，一開始我沒有選擇回娘家住，雖然一有空，我還是都回家陪伴兩老，但同時我也在娘家附近找房子，順便留意自己的新工作。

「後來，我媽的狀況越來越不對勁，在我好說歹說的勸服下，她才勉強願意就醫，醫生說是失智的前兆！然而，或許是過去身為老師的關係，我媽向來主觀意識較強，恐怕也不太能接受才退休沒多久就失智的事實吧？結果，看醫師變成了只是參考，每次我媽讀著藥物袋上副作用的說明，就自以為是地偷偷將藥抽出來，八成也沒認真服藥，有一次陪她回診時，居然還跟醫師辯論了起來，搞到最後甚至拒診了。然後沒多久，就輪到我爸出狀況了！有次我正巧人在娘家，及時發現他昏倒在浴室，緊急送醫，還好不幸中的大幸，撿回了一條命，但他現在右半邊手腳就變得較不靈活。

「我爸出事住院期間，原本都是我負責照護，坦白講，當時光照顧他，我根本無法再顧及我媽，很多事感到力不從心，後來只好請了看護協助。我妹在我爸住院時的第一天曾露過臉，她也明說遠水救不了近火，並認為我既已恢復單身，又沒小孩家累，最後，她只有丟下『看護的錢願意分攤』的一句話，便逃之夭夭。

「我家以前的情況妳也清楚，長期以來，我妹對爸媽的紛擾爭吵早已厭倦，大學一畢業，沒想到她動作比我還快，就嫁到台北去了，之後跟娘家這邊的互動也越來越少。如今她對兩老的態度，其實我並不意外！

「直到我爸出院後，因為接下來長期的照護方才要開始，我們家才嘗試申請外籍看護，儘管我媽和妳媽一樣都很排斥。

「結果，外籍看護的申請下來了，我的工作仍然沒有著落，後來只好在朋友的介紹下，嘗試做直銷，想說時間較有彈性，應該較能兼顧家裡吧？就在看護好不容易熟悉家中狀況之後，偶而我也較能抽空，參與一些有的沒的集訓課程，孰料，從看護口中，意外發現了我爸的祕密。

「多年前我爸早早結束了大陸的事業，妳也略知其中一二地，在外生性風流倜儻的他，如今年事已高，到最後，總算還是重返老家了，過去他曾帶給家中多少的風風雨雨，也就沒什麼好計較的，何況我媽對他也都盡釋前嫌了，也許兩人的晚年至少能彼此圖個老來伴吧？結果呀，我那老爸，就像是風流的舊疾又復發般，也不知如何牽扯的？我從不知道他會跳交際舞，曾幾何時，在我家附近的公園，聽說他就和人家跳交際舞，結果牽著跳著，竟跳出問題來了！

「這樣的劇情，我猜，早已發展一段時日了，居然連每天生活在一起的我媽都被蒙在鼓裡，因此，即使他都中風坐輪椅，沒辦法再去牽別人的手跳什麼舞了，每日私會的劇情，依舊還是不忘演出，甚且比服藥還要規律，總是固定在三餐的飯後，聽說就會吵著看護，推他去找他的『紅粉知己』！我爸這輩子恐怕是注定要風流一世的吧？本來心想，反正也不差再添上這一樁！可是後來輾轉得知，我爸和那位『紅粉知己』看似單純的感情牽絆，其實卻藏有剪不斷理還亂的金錢問題呢！看護就在我媽的逼問下，一五一十地描述我爸曾給了那『舞伴』money呢！

「『乾脆讓我住進朋友家，把請外籍看護的錢，直接給我朋友好了！』後來我爸還堂而皇之地提出如此的餿主意。

「彼時家裡的屋頂都快被掀開了，偏偏我妹還跳進來攪和說風涼，『那就順他的意吧，請他的紅粉知己，當老爸看護好了』。

「妳說，我們怎忍心看著我媽的晚年，還得背負我爸的風流債？再說那所謂的『紅粉知己』，恐怕也只是覬覦錢財的份，哪能換來真心的看護？結果在這齣歹戲繼續拖棚下去之前，我爸就因感冒引發肺炎住院了，正巧看護在台約聘時間也期滿，最後，我們才選擇，且先將他送來機構再說。

「演變成這樣的結果，實在迫於無奈，並非我和我媽樂見，結果，平時很少聯絡的親戚，來機構看完我爸卻說話了！說什麼『妳爸爸只不過行動不便罷了，怎就送他去機構』之類，只差沒對著我直接吐出『不孝』兩個字。更扯的是，我妹還能像旁觀者般兩手一攤，『妳也別找房子和工作了，乾脆就搬回娘家照顧爸媽吧，我可以付妳看護的錢！』。

「如果可以的話，我也想照顧爸媽啊，不過只要一想到，萬一我爸換成差使我天天帶他去見他的舞伴知己，坦白說，我真的無能為力！另外我媽失智的症狀，也逐漸浮上檯面了，單就我一人，說實在地，我真的難以cover！」學姊惠雯深深嘆了一口氣。

「『難道我就要像犯人被關進來一樣嗎？我又沒犯錯！妳不用來看我了，讓我回家去不是更省事嗎？』我爸剛住進來時，每次看到我每次就唸，唉，有時難過到不知如何是好！雅婷，妳爸會不會想回家？」

「怎麼不會？他以前動不動就常常問我，何時要帶他回家？時不時還會盤算著如何來個機構大逃脫呢！甚至連八竿子都扯不上邊的我家鄰居，問起我爸狀況後也常勸說，既然他想家，何不就帶他回來？事實上，每次遇到我爸吵著要回家，我內心就萬般糾結！我也常捫心自問，像我們這樣把爸爸帶進來機構住，是不是很『不孝』？」雅婷也非常無奈回應。

「我覺得『孝』與『不孝』，見人見智吧？不是我想給自己台階下或強說辭，不過，再讓我年輕十歲好了，如果，我家沒有那些糾葛牽扯的複雜因素，我想我應該也會讓我爸留在家吧，然後，也許再請個看護跟我協同照護他，犯不著像現在這樣，每天都還得機構和家裡兩地奔波。話說，妳爸雖住進機構，可妳也沒閒著啊，還不是天天過來陪妳爸？

「我也是聽說過，有人家中雖請了外籍看護，結果直到長輩臨終，甚至幾乎一直都是移工一人，在家獨守自己的長輩，像這樣看起來，長輩的確是留在家中，但最後終日陪伴的，竟是那毫無血緣關係、且可能雞同鴨講的外籍人士，妳又能說這樣的長照方式錯了嗎？那些家人，想必也有著外人不得而知的苦衷情事吧？這時候換成身為外人的我們，恐怕也只能霧裡看花，哪有資格去解讀別人家中難念的經？每個家都有每個不一的樣態，就算具有同樣或相近的背景，長照的模式，也未必都能套用在每個家庭或每個長輩身上吧？不論如何，就是趁父母他們還在的時候，能夠陪伴的話，就儘量去陪他們吧。

「作家張曼娟她以過來人的身分，對於父母的長照也有一些想法，其中就她說的，對於年輕時曾照顧過我們的父母，在他們的晚年，值得我們用愛、而不是孝去陪他們，如此一來，這條照顧父母的路，才能走得長久。而且，我也蠻認同她說過的一句話，『身為照顧者，如果你不能先好好善待自己、先好好愛自己，在陪伴父母的過程可能就沒有愛』。

「這幾年來我也深深有感觸，如果光是用『孝』這個字，去匡衡子女對父母長照的基準，對於正在長照路上的子女們而言，壓力想必是相當沈重的！

「我相信，要是有辦法把老爸留在身邊照顧，妳早就做了，所以，雅婷，實在沒必要太去在意別人的眼光！對待父母需要的是愛和那顆真誠的心，只要我們自己清楚就夠了。

「對了，妳之前不也剛生場大病、還在復原中？現階段的我們，雖然無法成為父母第一線的照顧者，至少也要懂得愛自己，把身體打點好了，才有本錢和心力去陪伴父母走完餘生，走一步，就是一步！」

學姊慢慢娓娓道過後，眼中泛著淚光，向來總是給人超級無敵堅強的形象，看著眼前的她，雅婷還是頭一遭見識到，其實，再怎麼的強人學姊，也是有她脆弱的另一面。

那段機構預約會客的時日，雅婷和學姊經常不期而遇。

「老爸，她是我卡早大學時的學姊，她爸爸就是坐在你旁邊這一位，他嘛住在這裡，真『拄仔好』（剛剛好）呢！」雅婷順便跟父親介紹。

「這我查某囝，她現在在做老師。」

「老爸，她爸爸聽嘸台語，你要講國語啦……」

「哈，我爸聽得懂台語啦，只是他現在有點耳背，要說大聲點才行！」惠雯連忙補充說。

「她是偶的女兒，她在這附近當老師。」

「哈，才怪！我學校離這裡，可是有點距離呢！我爸現在東西南北都搞不太清楚了！」

雅婷偷偷吐槽。

「阿伯你好！阿伯你真正有夠古錐呢！」惠雯被雅婷的父親逗笑了。

「老爸，你敢會記（是否記得）我讀大學時，有一天晚上，我坐學校的返鄉專車到火車站，我叫你開車來載我轉去（回家），結果你等不到我，就給我『放粉鳥』（你放我鴿子），然後，我就是去這位學姊她家過夜的。」

「袂記啦，啊我什麼時候放你『粉鳥』？」

「老爸，我學姊她爸爸，卡早在大陸做事業，是大頭家（大老闆）呢！」

「……」

雅婷忙著介紹學姊的父親，忘了父親可是天生的「好面族」，尤其更不喜歡被比下去，果真，在他看學姊父親一眼後，就沒了下文。

有緣同住進這機構，雅婷心想，父親要是能跟學姊父親做個朋友、或是多個伴聊天也是好事！可惜兩老第一次的接觸便觸礁，一整個話不投機半句多，完全沒戲可唱，但見學姊父親也是一臉的沉默，雅婷和惠雯也就不勉強他們了，隨即便各自拿出準備的水果，讓彼此的父親品嚐。

嗶嗶，嗶嗶，嗶嗶嗶……

「姐姐，不好意思時間到了喔……」

每次和父親會客的時間，總是「咻~」地過得特別快。

「雅婷，妳都是預約這個時段過來看妳爸嗎？」

「嗯，平日大概都只能利用這個時段，因為得配合我學校那邊的作息，而且，我老爸通常晚餐過後沒多久就睡了。至於假日較難預約，所以就不一定囉。」雅婷戴著口罩笑著說。

「OK，我知道了，若可以的話，我也儘量喬這個時段預約，改天我們再找個時間好好聚一下吧？掰掰囉！」

疫情之下，街上店家生意受到影響，或工作失業的，許多人也被迫宅在家，隨著防疫安全的「社交距離」，人與人之間「心的距離」多少也受到了影響，此時此刻，雅婷當然不強求也不敢期待，父親和學姊的父親之間，可以迸出「相見恨晚」的社交火花。但是，她很高興再度跟學姊重逢，至少她相信，同樣走在長照的陪伴路上，不會再是踽踽獨行了！

【來個特寫鏡頭吧】

「袂記啦，啊我什麼時候放你『粉鳥』？」

「老爸，我學姊她爸爸卡早在大陸做事業，是大頭家（大老闆）呢！」

「……」

雅婷父親臉上原本無頭緒的眼神，轉成視而不見的恍神，然後，鏡頭前幾隻烏鴉、還是「粉鳥」？就這麼突兀地從他頭頂上飛過了……。

第十六話　「內在美」

我要卡緊來收內褲，我的內褲晾在外面，怕被人偷走了……。

當雅婷父親卸下鼻胃管，恢復正常飲食的同時，漸漸地也從需他人協助穿上的尿片，改成穿脫自如的復健褲了，接著，隨著他可以「踢正步」移動行走後，某一天，終於有機會，穿上雅婷幫他準備好的棉質內褲，如常人般自由進出上廁所了。

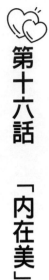

歷經一段說長不長、說短不算短的日子，雅婷父親在機構的團體生活中，好不容易「脫胎換骨」，從很多的不便走了出來，唯一無法褪除的，大概就是偶而想家的離愁，還有伴隨他身旁的四輪「轉」動——輪椅。

外觀身形上看似自如的父親，實際上有他就有輪椅，而看得到輪椅時，父親立身的距離，也絕對不會太遠，昔日那位駕馭進口車奔馳的大老闆，早已回不來了，歷經大腦手術的「蛻變」後，他已經學會和那部毫不起眼的「國產車（輪椅）」共存，而且如同人家所說的

「焦不離孟」，直至今天，他們形影不離的關係，猶仍維持於現在進行式中。

一開始父親就開著這部「國產車」住進了機構，由於行動無法自如，因此，他和其他住民一樣，不能免俗地被安排在固定時間，於公用的「澡堂」，由專屬的外籍看護阿雅，負責協助幫他洗澡。所以，即使父親的六人房內附有衛浴設備，因著「房客」臥的臥、躺的躺地，這些衛浴設備被使用的機率，簡直微乎其微，等到父親總算恢復得以自行如廁後，充其量，他也只不過是上個廁所、或在內簡單漱洗罷了，至於吊掛在浴廁內上頭的那蓮蓬頭，看起來彷彿只是裝飾用的，始終「乏人問津」。

自從父親正式成為這裡的住民後，早就習慣專人協助打理洗澡了，現在的他，到底還能不能獨立洗澡？甚至連雅婷都存疑。

在父親正式擺脫拋棄式的復健褲、改穿一般的棉質內褲前，曾經有一天，雅婷過去機構，陪父親用完餐後，一如往例正準備開始陪他漫走時，卻發現父親走起路來怪怪的，嘴裡還不時碎碎唸。

「妳走卡慢欸，我怕我的褲子會掉下來……。」一手緊握著雅婷的手，父親另一手卻死命地拉著自己的褲底。

「今天洗身軀時，都找不到內褲，我就沒穿內褲，所以，走卡慢一下，我怕我的褲子會掉下來……」父親重複又說著。

自從父親開過刀後，臉上兩頰凹陷、不似過去的圓潤，整個身形也的確瘦了一圈，不過，即使沒穿「內褲（復健褲）」的情況下，還不至於瘦到連外褲都撐不住吧？雅婷不禁納悶。

等散步完陪同父親回到房內，雅婷這才發現到底是怎麼一回事。

在徵得父親的同意下，雅婷協助將他外褲緩緩脫下，探究竟，原來，在他鬆垮的外褲內，竟藏了件「衛生褲」！當她繼續將衛生褲卸下後，天哪！沒想到父親的後臀背上，竟還平放了一片未打開的復健褲！整個感覺，就像是女生生理期時使用衛生棉片一樣的概念，搞了半天，從頭到尾褲子（復健褲）根本都沒被套進去、有穿其實不就是沒穿啊！也難怪如他先前一直嘀咕的，「褲子」會掉下來！

「老爸，你怎麼這麼天才啊！哪有人這樣穿的啦？」

「吼～啊我變規半晡（我搞半天），攏不知欲按怎穿啊！」父親眼見下半身一層層被褪去的褲子，才恍然大悟自己一時的「傑作」，然後父女兩人，竟在房內笑成一團！

總算，雅婷可以拼湊還原真相了！

原來，那天下午機構有義剪活動，父親依循往例「搶頭香」剃完頭後，趁大家忙亂之際，自行溜進他那六人房內的浴廁，然後拿起蓮蓬頭，便從頭到腳亂沖了一番！

或許是受不了剃頭時身上沾黏的髮絲，讓雅婷父親才會急中生智，跑到房內衛浴沖洗，又因在神不知鬼不覺的情況下，自然沒人幫他打理換穿，其中過程，想必經過一陣的混亂吧？父親自己也就糊裡糊塗地，看到什麼就穿上什麼，至於那片復健褲，極有可能，父親曾努力試圖如何穿上，不過就他說的，「變規半晡」，搞了半天未果，性急的他，乾脆直接將之先放進屁股後面再說，最後，才亂穿造就成那樣層層疊疊「洋蔥式」的傑作。

那是父親改坐輪椅之後，雅婷第一次發現，其實，他並沒有忘了獨自沖澡的本能，雖然她不能確定，父親用蓮蓬頭隨便沖洗之下的身軀，是否有沖洗乾淨？

所幸在那之後，雅婷父親那般褲子亂套的「洋蔥式」穿法，不再出現，不過，他於房內用蓮蓬頭沖澡的短期記憶，一時之間大概仍猶存吧？後來有一回，父親又在房內的浴室獨自沖澡了。

「拄才（剛剛）我才自己洗完身軀。」

那天雅婷依例帶著水果過去，父親主動跟她表示，自己剛沖過澡了。

是說老爸可以獨立洗澡、不再仰賴阿雅看護的協助了嗎？突然間雅婷會意不過來。倘若，父親的能力完全恢復到跟房內另一室友的阿伯一樣，可以自行沖澡淋浴的話，其實也不是壞事，雅婷更樂見其成。

不過雅婷細看之下，眼前父親身上所穿的，確實也不是前一天她來時所穿的衣褲，這到底是怎麼一回事？正當滿臉狐疑之際，恰巧「躼跤」阿菲從旁經過，由於阿菲是負責包括父親那六人房住民的照護工作，於是忍不住問她。

「阿公自己跑去洗澡了！」阿菲笑著說。

「爸，你說你自己在房間內那個浴室洗身軀喔？你昨天還是今天早上不是已經洗過身軀了嗎？是按怎又想到去洗呢？」

「不洗哪誒行？啊頭毛剃了，身軀刺刺啊！」

搞了半天，原來，那天下午又遇上美髮義剪，父親剛剃完頭，受不了粘在身上的毛髮，當下只有用蓮蓬頭一沖為快。不過，他自己換掉的衣褲，直到雅婷發現前，卻還一直被擱置在洗手台上！

這樣逢義剪必用蓮蓬頭沖洗的連結行為，不久之後，在父親成為習慣前，很快地就又被他自己給淡忘了。而父親的「洗身軀」，可惜最後還是沒有如雅婷所想的獨立沖澡，依舊如往例般，於公共大澡堂內，在外籍看護阿雅的協助下完成。

後來沒多久，父親又有新的「名堂」出現了！

那天下午，雅婷看著吃著晚餐的父親，完全不專心，一整個莫名的心神不寧。

「我要卡緊來收內褲，我的內褲晾在外面，怕被人偷走了……」父親突然迸出這句話。

怪怪，父親的衣褲不都是機構集中送洗的嗎？他的內褲又怎會晾在外面？該不會是父親開始出現「幻想」了？雅婷狐疑中帶點小小的擔心。

只見父親匆忙把晚餐解決，然後，一心懸著他的內褲未收，也不管飯後外出的漫走，腳步逕自邁向曬得到太陽的中庭去了。雅婷趕緊跟在後頭，就在她尚未踏進中庭前，映入眼簾地，中庭裡原本用來晾曬餐圍兜的架上，果真有一條繡著父親斗大名字的白色「內在美」，在那邊飄啊飄的。

「老爸，你不是有好幾條內褲嗎？直接放進送洗衣籃內，或是交由『躼跤』阿菲，她就會幫你送洗啦，怎會把內褲放在這裡晾曬啊？上面有你的名字呢！那不就都被別人看了了？」雅婷看傻了眼。

「啊我透早起來內褲有沾到，我想說自己洗洗卡緊乾啦……」

父親講得頭頭是道，看起來不像是他自己的「幻想」，一聽到父親描述「內褲沾到」，這下反叫雅婷緊張起來，父親該不會是失禁了？

沒想到後來接連幾天，父親仍舊持續親洗自己的內褲，連日的觀察，加上雅婷還特別交代阿菲和護理人員的協助留意之下，發現父親之所以自己搓洗內褲，應該不是漏尿或失禁所致，恐怕是持續腸胃的不適，好幾次來不及如廁的結果，或許是父親怕這樣丟入洗衣籃，會弄髒別人的衣褲吧？同時，也極有可能是他自尊心的作祟、多少不想被發現的心態，於是自己儘速手洗好「煙滅證據」，只不過，最後他卻又將內褲大剌剌地晾曬在大庭廣眾之下，豈不是「欲蓋彌彰」呢？

「老爸，你若是又閣落屎（拉肚子）不爽快（不舒服），要不要我帶你去看醫生？」

「免啦！看什麼醫生？」父親急忙揮揮手。

後來連續幾天，父親甚至連外褲都頻頻更換，再者，父親衣櫃內備用的內褲，到最後也僅剩only one了，不免讓雅婷更擔心他的身體狀況。

「阿公早上起床時，床上有沾到喔！」「躼跤」阿菲也補充說。

那天父親用完晚餐後，表示想上廁所，於是雅婷覺得機不可失，連忙緊跟在後，決定一探究竟。

「爸，有血呢！」

緊跟進到廁所的雅婷，竟發現父親剛上過的馬桶內有血！經她這麼一大叫，父親也反射動作地，即刻便沖水煙滅了證據。

她想起父親以前有過外痔的病史，加上那天上午，大姊雅雲確實拿來火龍果給他吃過，儘管那看起來不像是吃過火龍果後的便便。無論如何，追溯起來，從父親開始晾內褲，著實也過了好幾天，要是持續幾天都是這般狀況的話，那就非比尋常了。

「爸，我看咱卡緊來去看醫生啦！」

「看什麼醫生？活到這個歲啊，若是會怎樣，嘛是可以啦……」向來就討厭看醫生的父親，半賭氣說。

「爸，你拄才（剛剛）肚子是不是不爽快？」

「嘿呀……」

「你的內褲最近嘛一天換很多次，是不是？」

「啊你哪會知？」前一秒儘管才賭氣，後一秒的父親，卻又變回頑童似地笑了！

「你的簞笥[1]（衣櫃）只剩一條內褲啦，不過你毋免煩惱，我會再幫你拿幾條內褲過來。但是，如果你一直落屎（拉肚子），嘛是不爽快，對嘸？咱先來去就近的胃腸科給醫生看麥，好嗎？」她緩和地跟父親商量。

「好啦好啦，咱現在就來去。」

最後雅婷父親好不容易才點頭願意就醫，還好，醫生初判腸胃發炎的可能性較大，先讓父親服藥緩解腸胃的不適，此外，為了安全起見，同時建議採集糞便化驗，以進一步確認了解病因。

為了那糞便檢體，機構聽說也是折騰了幾天才順利採集，所幸最終送檢化驗的結果，一切沒事。

隨著就診服過藥後，腸胃也變乖了，雅婷父親終於，又恢復昔日從容就餐的模樣。此外，在那之後，太陽高掛的中庭裡，也就再也看不到那白色的「內在美」隨風飛揚了。

---

1 簞笥，日文的「たんす（tannsu）」，日語漢字，台語「衣櫥」的說法。

【來個特寫鏡頭吧】

「我要緊來收內褲，我的褲子晾在外面，怕被人偷走了……」

昔日的大老闆，曾幾何時，變成了斤斤計較的小心眼了，雅婷父親扒著晚餐的雙眼，不時飄到中庭的那邊，吃飯的節奏，也像是從原本慢板的音符，瞬間切入了極快板……。

第十七話　切結書

從前從前有位父親，只因為他沒有「美國」時間，於是，請別人代為「捉刀」之下，差點害女兒蒙上「偽造文書」的罪名……。

「惠雯學姊，妳怎麼大包小包的？」那天雅婷一進機構，又和學姊不期而遇，只見她身旁提個像是行李袋的東西。

「喔，我拿乾淨的衣褲來給我爸替換啦！」惠雯笑說。

「是喔？我還以為妳準備要帶妳爸回家了呢！我都是固定幫我老爸洗臉用的毛巾帶回換洗，其他的衣褲，就通通交由機構送洗！」

「哈，沒啦！妳想太多了，現階段我都泥菩薩過江了，哪有辦法帶他回家？雖然我老爸還是三不五時嚷著要回家，不過我家的狀況妳也是知道的，一時間真的沒辦法。而且不知是不是自己有些神經過敏？最近感覺胸部這邊，好像有摸到怪怪的，也都還沒時間去給醫生看看呢！

「不過，妳爸送洗的衣服沒弄丟過嗎？一開始我爸的衣褲，也都是交由機構送洗，但就是因為被搞丟過，而且，那還是我老爸最愛的polo衫啊！是說衣服都繡有名字，怎麼還是會搞丟？我有請工作人員協尋，也沒找回來，後來乾脆我只好就自己來拿回去洗了。」

「我老爸的衣褲也曾經被弄丟過好幾件，不過，這種事在團體生活，大概很難避免吧？怪不得我老爸當初入住時，工作人員就有建議，別拿太名貴的衣褲過來。妳的身體要不要緊啊？不要只顧妳爸媽，自己的身體也要小心，目前我們必須儲存最大的本錢，身體得確保健健康康啊！」

「嗯，改天我再找個時間去檢查看看。」

「像我這樣幫我爸的衣褲拿來拿去換洗，的確是有點麻煩，不過也習慣了，沒辦法，我知道我們老爸過的是團體生活，很難要求面面俱到，這裡好像也很少看到他們吃水果，還好，我們都還能帶個水果過來給老爸吃。」

「說到衣服弄丟，讓我想起大學時，寢室裡不是發生過一連串超離譜的怪事？包括妳那件弄丟了的衣服，妳還記不記得？」惠雯笑說。

雅婷怎可能忘記？整起事件光怪陸離的程度，比起推理劇，甚至有過之而無不及。

在她們還是號稱單純的青春年華裡，偏偏在她們的宿舍寢室中，接二連三地，卻發生了好幾起不可思議的失竊事件。不過，事件發生的前一年，學姊因交了男朋友，早已搬離宿舍，幸運地避開去淌那些渾水。

事件發生時，學姊已經不在寢室了，後來新來的學妹遞補了床位，來自純樸小鎮的她，家庭環境絕不是室友中最優渥的一位，偏偏帶衰地，三番兩次成了竊賊鎖定的目標，屢次她從家裡帶來的生活費，經常就在寢室裡不翼而飛。

一開始雅婷和其他室友，都深信竊賊，絕對是外來者，偏偏令人匪夷所思的是，後來接連的好幾起事件，案發的地點，不巧都僅出現在她們這個寢室中。

直到有一天，室長突發奇想，將大家從外面同一家鎖匠打來的鑰匙拿來一一測試，不得了了！每人手中不同的鑰匙，都像是同一把複製而成地，任何一個衣物櫃居然都能毫不費力地被打開來，天哪！她們像是全醒過來，搞了半天，原來，我的就是你的鎖、有鎖等於是沒鎖，頓時，大家幾乎都快崩潰了。

接下來，彼此間的信任，眼見開始將要瓦解崩盤的同時，該死的失竊事件，儼然像是流行病般，室友八人中一個個都接續「中標」被竊，最後除了雅婷、室長及另一室友三人之外，其他無人倖免。終於，逼得滿懷正義感的室長下定決心，試圖扮起柯南，誓師絕對要揪出這位竊賊不可。然而相較於室長的義憤填膺，雅婷本身則完全是「俗辣」，除了暗自慶幸自己沒被殃及，也只是消極地希望事件早點落幕。

直到有一天，雅婷的一件新衣，從衣櫥中的不翼而飛，才終於引爆她心中那熊熊的怒火！

那是為了大姊雅雲的婚宴，室友們幾人特地陪她一起上街購回的新衣，雖然不是什麼名牌衣飾，但在雅婷心中，那件新衣所賦予的意義卻是非凡，自從買回來，穿在身上，也僅止於大姊那次喜宴的唯一一次，之後她根本就捨不得穿去學校上課，然後就收放在自己寢室內小小的衣櫃裡。

可她萬萬沒想到，有一天，那件新衣，竟會從她衣櫃裡離奇消失了！甚且更恐怖的還在後頭，新衣無故「蒸發」後約莫一兩週，被室長意外發現了，那件原本幾乎全新的洋服，宛如慘招蹂躪過的屍體般，皺巴巴地橫躺在公共曬衣場的樓梯間。

「別再穿了，規氣（乾脆）擲掉（扔掉）啦！」母親曾經強烈地提議。

只因為那件洋服充滿著大姊婚宴的美好回憶，因此，終究，雅婷還是選擇拎回，經過自己手洗後，再度又吊回衣櫥的原來位置，但，從此之後，她再也沒有勇氣拿出來穿上了。

就在那個當下，有史以來，雅婷做出了火速的決斷，她不可能再待下去了，無論如何，她一定得搬走，逃離那比鬧鬼更可怕的寢室，而且是Now，絕對刻不容緩！

「妳要不要搬過來跟我一起住？我室友前不久剛好才搬走！」

學姊惠雯一聽到消息後，便鼓吹雅婷離開那寢室。在那樣的節骨眼，對於學姊救命般地邀請，雅婷當然求之不得，並天真地以為只要自己打包好行李，說走隨時就能走！可她萬萬沒料到，學校這邊有所謂的「遊戲規則」，學期中無故搬離宿舍者，得出具家長親筆的「切結書」，俟教官的查核通過，才得以退費放行。

為此，不知歷經過幾個晚上，雅婷總是在宿舍的公用電話筒前排隊，然後一個接一個地投下銅板，還得跟話筒那頭老遠的父親，解釋個半天。

「寫完寄來給我，記得要蓋章喔！」

好不容易等到某日，千呼萬盼地，那像是「家書」的書信，終於出現了！

雅婷相信，那絕對是父親帶來的好消息，也就是可以將她從恐怖的寢室中救出的「切結書」！於是她迫不及待連忙拆開一看，可是，當她乍見那工整卻陌生的筆跡時，心裡有點慌了，那完全不像是來自父親的手筆啊！算了，管不了那麼多，反正章也蓋了，雅婷一拿到「切結書」後，便趕緊飛奔送出申請。

「這……，該不會是妳自己寫的吧？」

在那之前曾經有一段時間，雅婷時不時會被教官抓公差去代寫些資料，因此，教官對她的字跡再熟悉不過了，不料當下，竟引來教官的狐疑，只能怪那張「切結書」字跡工整的程度，偏偏跟她的「長得」太像了，但無論如何，那來自家裡的「切結書」，確實是鐵的事實啊！

「這死教官，完全都不看在平時我幫他抄寫文書的份上，就不能睜一隻眼閉一隻眼嗎？」雅婷忍不住心中咒罵著。

所幸，向來素行良好沒有任何「前科」的她，也生就那張老實的臉，雅婷整個委屈到都快要掉淚了，只差沒跪地發誓求饒，好不容易折騰到最後幾秒鐘，只能說教官那根筋給抽直回來了，終於，才點頭同意送交。

「吼～工廠的代誌都無閒不了（工廠的事都忙不完了），我哪有那個美國時間寫啥？後來規氣（乾脆）我就叫廠長『清菜』（ㄑㄧㄣˋ ㄘㄞˋ，隨便）寫寫了！」

搬離宿舍這檔事，對於世面見多的父親，恐怕算是區區的芝麻綠豆蒜皮，根本不看在眼裡，而最令他受不了的，搞不好，還是雅婷好幾個晚上，在電話那頭喋喋不休的三催四請吧？況且幾行落筆的小事，又何必勞駕大老闆他親自動手呢？所以，她的叨念攻勢，逼得父親不耐煩，索性才找來習慣抄寫文書工作的廠長代為捉刀了！

「妳該不會是那個打人卻喊被打的吧？否則幹嘛急著在學期中搬出去？」

才剛卸下險被教官質疑偽造文書的黑鍋，孰知，接下來卻換成舍監奶奶不分青紅皂白地，也想幫她扣上「行竊者」的大帽子？算了，只要能離開宿舍，雅婷選擇忍氣吞聲，然後落到最後，終於狼狽地竄逃。

至於後續的搬家事宜，雅婷也一切自己搞定！因為，她懶得再隔著話筒投銅板，苦苦央求父親的「遠水」滅火了！

「我老爸年輕時，可是練過書法的，要說認真寫起字來的話，也是非常漂亮工整的，想當初，如果他真的願意幫我寫下『切結書』，搞不好那位死教官，也照樣懷疑呢！可惜，現在我老爸的字跡變潦草了，應該跟他開過腦也有關係吧？而且，現在若要他寫幾個字，簡直就像要他的命，他都說不想動腦筋呢！」

「聽說妳搬出去之後，寢室又鬧失竊了！還好，這下舍監奶奶想要再賴妳也沒轍啦，否則，妳真的會跳進黃河也洗不清呢！」惠雯笑著說。

「真的！」

正當雅婷和惠雯忙著跌入幾十年前的時空追憶時，不甘被忽略了的父親，開始大聲嚷著。

「吼～以後別再帶這葡萄來了，吃就吃，還得要吐籽，有夠費氣（麻煩）！」

話說回來，當年轟動一時的宿舍失竊疑雲，曾經牽動著雅婷「生死」的那張切結書，父親都不在乎了，豈料，眼前的他，竟會因著吃葡萄卻得吐葡萄籽而斤斤計較了起來，臉上不時還皺著眉頭，一副「是你要我吃才賞臉」的模樣，真叫雅婷又好氣又好笑！

結果，到頭來，雅婷帶去給父親的，那裝著葡萄的樂扣盒，還不是完全見底，一顆也沒剩啊！

【來個特寫鏡頭吧】

「吼～工廠的代誌都無閒不了，我哪有那個美國時間寫啥？後來規氣我就叫廠長『清菜（隨便）』寫寫了！」

聽著話筒那頭的父親，霹哩啪拉開始發起牢騷時，雅婷這頭可以想像，此刻的父親，臉上絕對顯露「天下第一煩」的不耐表情，當她還想再接著說時，銅板卻沒了，接著話筒「切」一地應聲斷訊了，彼端父親的「吼～～～」一聲，這頭的雅婷，卻還聽得一清二楚，而且餘音持續繞樑著……。

第十八話　入新厝

為什麼一開始妳都不講，這就是妳的不對！妳這樣不時就開燈火，啊叫阮這毋免抽痰的人，通通都被吵醒，不就攏免睏（不用睡）了？

「昨晚隔壁有人『轉去』啊……」

有一次，雅婷看著父親用完晚餐，接著陪同他進到寢室內廁所時，赫然發現，父親隔壁床原本一位臥床的爺爺，不但不見其身影，床位也被清空了。通常這種情形，要不爺爺因身體狀況被送往醫院、要不有可能是被家屬帶回家了，父親所說的「轉去」，該不會就是回家的意思吧？看到人去床空的景象，已經不是第一次了，不過，突然的那瞬間，雅婷還是有些訝異。

畢竟同是父親六人房「租用地」內的室友，況且又是緊鄰隔壁，過去只要雅婷一踏進房，總是看得到該位爺爺的女兒，默默地在她父親半萎縮的下肢肌膚上，極盡溫柔地，邊塗抹著乳液邊來回搓揉按摩，天氣好的時候，有時在中庭裡，也看得到該女兒陪伴著爺爺曬太陽的身影，就算爺爺上有鼻胃管下有尿管的牽絆，也無法言語，每次雅婷彷彿都能看到，在她們父女間那無形依偎相繫的心。雅婷和那位爺爺的女兒，大都只在房內不期而遇，每次除了點個頭照面一下，通常也都是無聲勝有聲地，不過，對於父親的那份心意，雅婷相信，彼此之間絕對都是相通的。

「請問隔壁的爺爺怎麼了？我老爸說他『轉去』了？」雅婷終究還是忍不住，問了護理師。

「嗯，昨天晚上的事，嗯……對，就是『那個』了。」對於住民的隱私，護理師秉持一貫的立場語帶保留，何況「過世」那兩個敏感字眼，通常都不太會直接被脫口說出。

「爸，你會驚嘸（會怕嗎）？」隨後，雅婷問了父親。

「驚啥？有什麼好驚欸？這樣卡安靜，不然，明明我就睏去了，常常就都被抽痰的聲音吵醒……。」

隔壁臥床爺爺的離世，擺在眼前的人去床空，對於父親來說，不過像是飯店投宿者的check out般，一臉完全的淡定，死，在他這樣的年紀看來，與其說會帶來恐懼或不安，也許是聽多了，早就處之泰然。而生性本就頑固、加上腦傷動過手術後的父親，現在似乎變得更任性了，只管自己睡覺的品質，乃至他那樣「卡安靜」的直白說法，所幸只經過雅婷耳裡，否則，要是那位爺爺的家屬聽見了，那將會是情何以堪呢？

雅婷不禁再度勾起那位爺爺生前時，父親曾在房內與人爭執的記憶。

「這是團體的生活，其他的爺爺需要經常抽痰，所以我們得開燈入內協助。」

「為什麼一開始妳都不講，這就是妳的不對！妳這樣不時就開燈火，啊叫阮這毋免抽痰的人，通通都被吵醒，不就攏免睏（不用睡）了？」

有一天，父親早已入睡，不巧遇上護理師入房的開燈抽痰，於是，雙方就這樣槓上了！當晚，第一時間護理人員便來電，訴說事情發生的經過，此外，還上傳當下的影片給雅婷。影片中看得出父親怒氣沖天，而且還罕見地，從房間內一路飆罵了出來！

此時此刻，要是躺在自家房內的床上，父親隨時想睡，關燈就睡，根本用不著擔心被吵醒，當目睹上傳的影片裡，高齡的父親血脈噴張時，讓雅婷忍不住悲從中來！

事情都發生了，雅婷當下也只能透過話筒，先向那頭年輕的護理師致歉。

隔天，雅婷前往機構前，還在思索該如何勸慰父親時，沒想到一踏進機構大門，只見他迎面而來古錐的一笑，早就老番顛的他，不但昨夜情緒來得匆匆去也匆匆，從他的臉上，完全嗅不到前一晚的怨懟怒氣！

「老爸，你昨暝睏了好嘸（昨晚你睡得好嗎）？」

「好啊！睏了不錯！」

看著父親的好心情，雅婷不忍再追根究底，隨之，跟著暫時放下心中的大石頭。不料一聽到雅婷和父親的對話時，旁邊經常前來探視某奶奶的女兒，卻悄悄把她拉到一旁，義憤填膺地說：

「昨晚我還在機構陪我媽看電視時，剛好有目睹整個經過，你爸從房內怒氣沖沖罵了出來，看得出非常生氣喔！不過，那護理師的口氣也很差，尤其對著一位有些失智的老人家那樣，如果我是家屬，鐵定會看不過去！」

雅婷記得事發當天，她陪著父親晚餐散步後沒多久，一如往常早早就送他回房入睡了，父親睡得早是事實，由於都還是在會客的時間內，這位下班趕過來的女兒還陪著母親時，不巧，就讓她撞見這一幕了。

睡過一覺的父親，壓根不記得前晚鬧哄哄的支支細節了，所以，隔天當他再看到那位曾和他互嗆的年輕護理師時，還能神情自若地打招呼。

後來，聽說該位年輕護理師，也在資深人員的勸說下，做了自我調適，並選擇體諒年邁的父親。

就在父親隔壁床那位爺爺過世後沒多久，適逢機構裡，再度討論重新規劃調配房間。於是，在徵求家屬及住民本身同意的前提下，打算將包括父親在內，舉凡較有行動能力、且無需抽痰灌食的爺爺們，安排移往到另一頭父親過去曾單獨入住的六人房。

「我不要搬去那邊，那邊是一樓，卡吵！我卡佮意（較中意喜歡）二樓的這邊，卡安靜！」不料第一時間，父親又反對了！

話說回來，整個機構裡，不過就是平面的一層樓，哪裡冒出來的二樓呢？有關父親突如其來的一二樓之說，讓雅婷及聽到的工作人員們頓時傻眼，臉上紛紛都跑出三條線來了！

「老爸，你搬去那邊的房間卡好啦，這樣你就不會聽到有人抽痰的聲音了！你若是繼續留在現在的房間，萬一被吵了！到時候可別又要罵人了喔！」

雅婷試圖勸說，無奈，「老子不搬就是不搬」，父親的心堅固如磐石。

最早時期，父親的確是住過那頭的房間，也許是當時害怕「獨居」所留下來的深刻印象，讓他揮之不去吧？直到機構計畫集體搬移的當天，父親「不搬」的心意依舊，甚且，自己不想搬過去就算了，還慫恿同寢室另一位掛有尿管的九十高齡室友，可別戇戇（傻傻）跟著搬過去！

「我跟你說喔，你千萬不要搬過去，那邊的二樓很吵耶！」

聽到父親這麼一說，害九十高齡的爺爺跟著舉棋不定，不知該搬或不搬？

不過到最後，父親還是眼睜睜地，看著那高齡的爺爺，被工作人員推著輪椅，移往計畫中另一頭的房間去了。

「這絕對是有抽的啦！只要推一個人搬過去住，她就能抽成！不然為何他（九十高齡爺爺）都不想搬了，還硬要推他過去！」

事後天才的父親，還暗指著當天把爺爺推過去的那位工作人員，自以為是地私下「分析」給雅婷聽。

在機構這波「房事」大遷移後的幾天，雅婷陪著飯後的父親，在裡面隨性走著走著，剛好途經他口中所謂「二樓」的那間新寢室時，雅婷一時的好奇，便往房內一探看，已入住的長者中，確實看不到有任何臥床或抽痰的，而且那六人房內，尚且還有空出來的兩張床位。

「老爸，這間看起來不錯呢！」

「這間卡早我有住過！」

父親說出這句話後，就悶不吭聲了，看得出他心中對這間房尚有的芥蒂。雅婷清楚，此時此刻再說什麼都是多餘的，一切最好順著父親的毛刷，凡事不予以強求，父親的開心最重要，因此，就先靜觀其變順其自然了。

沒想到幾天後，事情有了大逆轉，雅婷父親鬧彆扭的那根筋，突然像是被魔術棒的一點，然後「我變……我變……我變變」，意外地直到不行！當她下午過去陪父親時，看到工作人員正忙著協助將父親的一些「家當」，搬往他口中「二樓」的那間六人房。

「阿婷，我跟妳說喔，我要搬過去二樓那邊的房間了，以後妳若過來找我，可別走錯房喔！」

簡直像「變臉」的雜技般，父親卸下了連日來的臭臉，趁雅婷還沒來得及發現時，瞬間說變就變。

「爺爺，恭喜喔！今天『入厝』，要不要叫那位總鋪師爺爺幫你『攢』（準備）一桌請人客？」趁著父親難得的好心情，工作人員也開玩笑起鬨！

「好啊好啊！就叫他辦一桌卡腥臊（tshenn-tsheau）[1]誒！」父親「阿莎力」笑著開支票。

結果，一切總算塵埃落定，父親終於搬去了「二樓」的新厝，再度跟那位九十歲高齡的爺爺當鄰居了！

然後有一天，雅婷牽扶著父親的手，不經意再度走過之前他超佮意（中意）的「一樓」房時，父女倆發現，原先父親的那張床位，如今早已躺著另一位臥床的爺爺了。

「吼～，我卡早哪會有法度，一直都住在那間房啊……」

看著父親邊搖頭不可思議地說，「話都是你說的」，差點沒說出口的雅婷，也被逗笑得合不攏嘴。

俗話說「食飯皇帝大」，不過對父親而言，吃飯算什麼？沒有任何事比睡覺更重要了。父親從以前至今，只要能好好躺平一覺到天亮，便是他人生最大的享受了！自從「入新厝」後，常常看得到父親陽光般燦爛的笑容，雅婷安心了，因為她知道，父親睡得安穩了。

1 台語「豐盛澎湃」的說法。

【來個特寫鏡頭吧】

「爺爺，恭喜喔！今天『入厝』，要不要叫那位總鋪師爺爺幫你『攢』一桌請人客？」

「好啊好啊！就叫他辦一桌卡腥臊誒！」

雅婷父親臉上的笑嗨嗨，看得出那種從裡到外破表的開心，完全應證俗話所說的一個字，「爽～」啦！

第十九話　人情世故

古早以前有位父親，一聽到女兒當上老師，便偷偷提著禮盒，前往校長的府上拜起碼頭來了⋯⋯

「阮後生（我兒子）在台北做醫生，我若是身體不爽快（不舒服），都不用去看醫生，啊後生就是醫生啊，有時候電話講講欸，我身體就好起來啊！」

與雅婷家世交的阿福伯，在他老婆阿福嬸尚未失智前，每次帶著自家種的芒果來家裡時，說來說去，八九都不離十，總是不忘拿他兒子醫師的事炫耀一番，讓每次雅婷的父親，聽了都很不是滋味。

都怪雅婷家裡沒能出個大夫，身為家中「豬尾囡仔（老么）」的她，好歹也唸了個大學，但大學生都滿街跑了，哪有什麼了不起的？因此，一直以來，「好面族」的父親，在阿福伯面前總是「膨風」不起來。

大學畢業那幾年，正巧遇上國小師資荒，剛好有學姊惠雯做了先鋒的示範，報考後順利當了國小老師，於是沒有一技之長、文科畢業的雅婷，也就有樣學樣搭上這難得的順風車，如願以償地捧到了鐵飯碗，自此之後，彷彿從天而降般，父親終於取得了一片得以往臉上貼的金牌，「我查某囝是老師」，總算，可以在阿福伯面前揚眉吐氣了。

「我查某囝在做老師喔！」

「恁查某囝既然在做老師，以後親事嘛要卡『斟酌』（仔細）找，起碼找個親像跟我後生仝款（同樣）醫生才速配！」

「那還用你說！」

像這樣你來我往的抬槓中，兩個「愛面族」的歐吉桑，有事沒事，少不了總是要兜在面子上較勁一番。

「阿婷，妳把學校的電話給我。」

雅婷回想起當年才剛踏入杏壇，有一天，父親突然跟她要起學校的電話來。

「你要電話做什麼？」

「我要打電話給妳校長，然後找個時間，去他家拜訪一下啊。」父親看起來不像是在開玩笑。

「蛤？拜託，毋代毋誌跑去人家家裡做什麼？」雅婷不解。

「『吃人頭路』（上人家的班）要知道禮數，中秋節快到了，我想送個禮過去給妳校長，順便請他多關照一下，連這個妳都不知道？」父親突然板起臉，正經八百說了起來。

「爸，這樣很奇怪餒，免啦！你袂記了嗎？我是用『考』的進去哩，而且學校又是公家的，根本不是你說的『吃人頭路』，你麥敲（不要打）電話去學校，也千萬不要跑去人家家裡送禮，那很奇怪呢！」雅婷說著說著，聲音跟著大了起來。

「哎唷，妳都不懂這世間上的人情世事啦！」

雅婷有點後悔給了父親學校的電話，不過，就算從她那裡拿不到電話號碼，依父親的個性，也會想辦法從「104」問到號碼吧？

結果，神不知鬼不覺地，聽說父親果真和校長約了個黃道吉日，然後自顧自地拎了個禮物，一個人隻身便前往校長家，碼頭也完拜了！

父親好個「人情世故」之說，害雅婷無端心虛得很，後來每次在校園裡，只要老遠一看到校長，她選擇能閃就閃，避開不必要的尷尬。然後，也許是想太多了，「雅婷老師是位相當認真的老師喔」，每次校長在家長面前的美言，聽起來都像是刻意說給她聽的，雖然她自認在職場上，向來就是兢兢業業、一點也從不打混。

自從拜過碼頭後，父親就像是代替「糖霜丸」，完成了初入社會的某種儀式般，從此心安了，於是又恢復「放牛吃草」的一貫作風，往後，也不再涉足插手，有關雅婷工作上的任何事。

遙想當年那個返鄉專車的夜晚，父親一時的負氣，掉頭開車就走，害她差點夜宿街頭；還有，只消動個筆，就能將她從驚魂的宿舍逃離的切結書，父親居然可以推說沒有所謂的美國時間，嫌麻煩就請別人代勞。

曾經，雅婷高度地懷疑，在父親心中的那顆「糖霜丸」，是不是已過了有效期限？甚或，早已不存在了？

因此，父親和校長「私會」的陳年往事，如今，偶而雅婷再度勾起時，依舊恍如一場夢般，畢竟再怎麼想，她都不認為，父親像是會「拜碼頭」的人。

當雅婷順利接過國小老師的鐵飯碗，第一次拿到薪水時，她特地包了個紅包，想給父親一個驚喜。

「拿回去！拿回去！我沒在拿這個啦！」

對於身為大老闆的他，或許那區區小錢，完全不看在眼裡，即使後來他退休了，父親始終也未曾接收過、來自雅婷薪水中的任何一張鈔票，頂多在過年時，應景地從她給的紅包袋內抽出幾張，再借花獻佛送給了母親。

事隔多年，如今，對於早已退役在望的雅婷來說，方才終於體悟，當年父親竟不嫌麻煩，且顯然有著充裕的「美國時間」，處心積慮地規劃給校長的送禮，儘管嘴裡說的是什麼人情或世故，實則，父親對於初為社會新鮮人的她，所展露的真性情啊！而且，她相信，那大概也是，身為「愛面族」的父親，覺得唯一可以為她所做的事吧？

話說回來，當今的社會，老師這行業，早已不是什麼了不起的行業，根本也褪去昔日舊年代的那種光環了，不過，家中的「豬尾囡仔」，難得被尊稱為老師的這回事，在父親的眼裡，依然是耀眼不可擋的！

因此，阿福伯有個醫生兒子又算什麼？

在雅婷父親腦裡，好多記憶都快鏽掉的今天，搞不好早忘了阿福伯有個兒子，當然更別提他兒子在幹什麼了，何況現今他在機構裡的團體生活，自是少了和阿福伯的抬槓比膨風，至於「我的查某囝在做老師」的那片金牌，倒是讓他走到哪，都還能念茲在茲，隨時還不忘往他自己臉上這麼一貼，瞬間，彷彿像是銳氣千條上身般，有誰還能比雅婷父親，更神氣搖擺呢？

【來個特寫鏡頭吧】

「我查某囝在當老師喔！」

「恁查某囝既然在當老師，以後親事嘛要『斟酌』找，起碼找個親像跟我後生仝款醫生才速配！」

「那還用說！」

一山還是比一山高？雅婷父親臉不紅地吹讚自己的女兒，旋即阿福伯那頭的眉毛也挑得更高了，只見兩個歐吉桑間的較勁味道，越來越濃稠……。

第二十話　腦筋「倒退嚕」

下午常常過來看我的那個人，叫什麼名字？……

「在這裡無人比我卡老了，你知道嗎？我已經九十幾歲了呢！」有天，雅婷父親跟初識的同餐桌奶奶的家人聊了起來！

「阿伯，你九十幾歲啊喔？看不出來呢！看起來還親像少年家哩！」奶奶的兒子此話一出，惹來父親笑得合不攏嘴！

「老爸，我都不知道你有那麼老喔？你才八十好幾，在這裡你還算少年，大概算是『中生代』啦！」雅婷及時提醒了一下。

「是喔？啊我不是九十幾嗎？」

「妳爸幾年次的？」

「老爸，啊你幾年次？」

「阿哉（哪知）？啊我幾年次欸？」

「老爸，你24年次的啦，你算看麥，啊你到底幾歲？」雅婷又趁機讓父親動動腦。

「吼～我85啦！」

「讚啦！你才八十五，還未九十，還很少年咧！」

即使年逾八旬了，掛著一張不顯老的娃娃臉，加上過去長期晨泳的健身之下，要不是坐著輪椅，而且如果沒有進一步了解的話，乍見之下，雅婷父親，確實看起來就像是七十幾歲的普通阿伯呢。

不久，工作人員送來了晚餐，聽到稍早前他們的對話，便指著雅婷父親隔壁餐桌的那位爺爺說：

「這位爺爺，才是正港九十幾歲喔！」

「我真欣賞他！」雅婷父親這時突然搭腔。

難得父親會用「欣賞」這兩個字，想必，他在這裡終於遇到志同道合的朋友了吧？雅婷打從內心替他高興。

「她是偶的女兒，現在在當老師！」父親又再次跟爺爺介紹她，這已經不知是第幾次的介紹了。

「老爸，聽說人家阿伯他的後生（兒子）嘛是老師，而且還是教授呢！好啦，別講啦，你的飯來了，吃飯囉！」

父親用過晚餐後，說著要上廁所，隨即便自顧自地起身，緩步移往廁所的方向，在座位上的雅婷，也趕緊收拾裝水果的樂扣盒子，剛巧與那位爺爺四目相視。

「妳是他女兒吧？一看就知道，長得好像，我常常看到妳過來，妳每天都來陪他嗎？」

「是啊！您兒子或女兒也常過來看您吧？」

在機構裡，雅婷儘可能避免主動觸及他人的隱私問題，話才剛說出口，她便自覺多嘴了。

「一說到這我就生氣，我住進這裡都多久了，他們從沒來看過我！」

一聽到這邊爺爺的怒吼聲，工作人員趕緊過來，一面轉移他的注意力，同時將他帶離開。

「他兒女經常過來看他呢！因為有失智的問題，他老是忘了！」隨後，工作人員跟雅婷做了補充。

那位高齡九十的爺爺，外表絲毫看不出有任何異狀，原來，他也失智了。

後來的幾天，雅婷便特別留意，確實都看到像是他的兒女，帶著一些吃的前來看他。

怪不得工作人員常說，會住進來這裡的爺爺奶奶，很多不是腦傷、就是患有失智，所以，對於爺爺奶奶所說的話，有時不需要太過認真。

記得父親剛來到這裡時，一開始都還會依著以前的習慣，每天拿起報紙來看看，雅婷時不時還會促狹故意問他，「今天咱台灣有發生什麼大代誌嘸」？

其實早在車禍前幾個月，父親便開始掉東忘西了，歷經那場攸關生死的劫數後，不論腦力或記憶力，更是早已不復從前。因此，當他初來乍到這裡，尚且都還願意翻看報紙，既能排遣生活，也不失動動腦的好機會。此外，為了讓父親跟之前的生活，不至於太多的脫節，雅婷還常會點開手機裡的照片，甚至幫父親準備了一小本相簿，裡面存放了幾張過去的家人合照，三不五時就和他分享回憶。

不過，父親的腦容量，早已留不住太多的東西了，也跟不上即時更新的資訊，尤其是剛發生不久的短暫記憶，根本無法在腦海裡留存多久，隨即很快就會被自動刪除，其中，想當然耳，當初把大姊辱罵的點點滴滴檔案，也早就搜尋不著了。

只是，「一朝被蛇咬，十年怕草繩」的大姊雅雲，打從父親最初一開始入住機構，依舊有千百萬個抗拒，說什麼就是不敢也不肯過來探視他。

「萬一他看到我又起憎恨之心呢？」

隨著父親逐漸習慣機構的生活，加上他日漸出現老番癲的情形，好不容易大姊才慢慢卸下心防，偶而上午時段過來看他，雅婷則是從一開始，便儘可能地每天下班後過來陪伴。

「啊今天早上有人來看你嗎？」

有一陣子，這句話幾乎成了雅婷看到父親的開場白，主要她也想測試父親的記憶。

「無喔？嗯……，好像有，又好像無喔？」雅婷父親通常都會遲疑一下。

「啊，我想起來了，好親像有一位查埔（男的）來過……」父親看起來很認真地從腦海裡搜尋後的答案。

「少年誒？還是老的？你有熟識嗎？」

「好像是妳的親戚喔……」父親邊歪著頭邊想著說。

其實大部分的時間，不是大姊雅雲，就只有雅婷會過去看父親，如果大姊有過去，通常也會跟她說，所以，父親想破頭說的「查埔」，不由分說，指的應該就是剪得一頭俐落髮型的大姊。

「有幾次我白天過去時，妳知道嗎？他也會問說『下午常常過來看我的那個人，叫什麼名字』呢！」大姊也曾對雅婷說過。

原來，就像是轉換畫面時，記憶就跟著流失般，上午父親見了大姊之後，等到黃昏日落前，白天曾經出現的畫面，他過眼便忘了，然後傍晚輪到雅婷出現，待他晚間睡過一覺後，翌日一早，前一晚出現過的人物印象，恐怕也就隨著夢境，同樣地一去不回了！

當她們姊妹沒出現時，父親是否也會像他「欣賞」的那位九十高齡爺爺一樣，逢人抱怨，家人都沒過來看他呢？雅婷不禁聯想。

雅婷父親點名欣賞的那位爺爺，對於家人來過即忘的事，以及因自己的老番顛卻誤以為不被關心而引來的盛怒，她大抵也終能領悟，同時，她開始告訴自己，隨時得做好自我的調適，以順應接下來，父親大腦可能帶來的胡亂跳針，而且她相信，往後跳針的次數恐怕不會減少，只會越來越多。

「老爸，你拄才（剛剛）吃很多，咱們走卡慢就好，才袂歹消化。」

「啊你哪會知道我吃很多？我吃飯時妳就來了嗎？」

「老爸，我有煮魚湯啊，還有帶水果來，你通通吃光光了，你袂記嗎？」

「阿哉？我有喝過魚湯嗎？啊我還有吃水果喔？」

疫情前，陪著父親晚餐後的散步，一旦走出機構往外踏出一步，父親的記憶，就像是被大門這麼一開一關地，隨即便跟著整個給打亂打散了，往往幾分鐘、甚至幾秒前在機構裡面發生的事，全變成船過水無痕了。

「老爸，啊毋就無彩（可惜）我帶好料來囉？你食入腹肚內，就完全放袂記（忘記）了……」

面對父親連片刻的齒頰留香都hold不住了，雅婷也只能笑著跟他「答喙鼓」（鬥嘴），如果任何什麼事，都非要跟失智沾上邊的父親斤斤計較的話，那就是她的不智了！

「老爸，啊我煮的這魚湯，有好食嘸？」

「好食，真好食！」

「你看要打我幾分？我煮的這魚湯？」向來不擅料理的雅婷，以前父親在家時，遇上她興致一來弄出的料理時，都會半撒嬌地要父親打分數。

「吼～六十啦，六十……。」父親邊吃邊略顯不耐煩，然後分數就隨他呼攏亂打一通，雅婷這下反而被逗得開心，感覺昔日愛促狹的父親又回來了。

「吼～這有夠麻煩啦，還要一粒一粒叉著吃，而且，還酸卡欲死（酸得要命），以後這卡麥（不要）拿過來給我吃！」一下子挑嘴的父親，又嫌藍莓還得叉子一顆顆叉起來吃！

「不會吧？哪會酸啊？老爸，你都不知道你是『皇上』喔？古早的皇上怕被人下毒，吃東西前都會有人先試吃，我攏嘛先試吃過了，才敢拿過來給你吃哩！就剩幾顆了，這個很有營養喔，就把它給吃完吧！」

說著說著，雅婷連忙接過手，用叉子將樂扣盒內所剩無幾的幾粒藍莓一一插上後，放進父親的嘴裡。

一聽到自己被說成「皇上」捧上天了，父親也笑得合不攏嘴！而且，每次在雅婷的半哄半勸之下，最後還是能讓盒內見底成功完食。

也許是因著退化的關係，連父親的味覺，也跟著鈍化了吧？好幾次雅婷事前吃在嘴裡甜到不行的滋味，一旦放入父親的口中，似乎就明顯地變了味！

在機構裡放眼望去，有些長輩早已無法透過自己的牙齒或嘴巴，去開啟自己的味蕾了，因此，不管是滿足的或是挑嘴的，那種舉凡吃過便有的齒頰留香，哪怕吃了即忘、或最終僅能停留在父親記憶裡微乎其微的幾秒鐘，即便如此，看著現階段的他，還能將自己帶去的食物入口咀嚼然後吞肚，那樣「稍縱即逝」的幸福滋味，對於雅婷來說，說實在的，也沒有什麼好挑剔的了！

【來個特寫鏡頭吧】

「吼～這有夠麻煩啦，還要一粒一粒叉著吃，吼～而且還酸卡欲死，以後這卡麥拿過來給我吃！」

雅婷父親像是欠栽培的演員般，一下子誇張地瞇起眼，努力地像是要把入口的酸意全給擠出來般，如果這是一場比手畫腳的遊戲，光看他這番生動的神演技，怎能不讓人立刻猜出，那四個字——「酸得要死」的絕妙答案呢？

第二十一話　愛睏卡慘死

好久以前，有位父親一天三餐可以胡亂隨便填肚，只要有吃飽的感覺，就行，但這中間的午睡，要是給抽掉了，或者該睡的時候，仍無法順利躺平的話，那就等著見識一股山洪即將爆發的盛怒吧，簡直比遇上強颱還恐怖，然後，誰倒楣，誰就會被掃到颱風尾……。

如果，有人問雅婷的父親，平日的運動是什麼？

「游泳」，絕對是他的標準答案。

假如換個說法問他，最喜歡的休閒活動又是什麼呢？

相信雅婷父親嘴裡吐出的答案，恐怕除了游泳兩字，還是游泳吧？

就如同台語俗話說的，「食老出癖」[1]，雅婷父親始終都是個旱鴨子，直到中年四十歲

1　台語的諺語，老了才再長麻疹，形容老了才學會的習慣。

那年，才開始學會游泳，從此之後，他便跟游泳結下了不解之緣。

起初剛學游泳時，雅婷父親是在室內的泳池練習的，俟駕輕就熟後，室內偌大的水池，已不能滿足他渴望如魚得水自在地悠「游」，於是，他開始嘗試浸泡在海裡鹽水的滋味，曾幾何時，每天清晨的海泳，便成了他中年、乃至老年後缺一不可的習慣，甚且，不論春夏或秋冬。

長年以來，為了這透早的海泳，雅婷的父親，養成了早睡早起的習慣，通常天未破曉前他就得起床，然後，風塵僕僕開著車，便直驅海邊游泳，等游完返回家，此刻家人才正要開始準備一天的作息，隨後父親通常都還會小憩片刻，最後才啟動他大老闆的上班模式。不過，一早晨泳後的小憩，歷經一個上午的操勞後，體精力其實也消耗地差不多了，於是，中午飯後的午睡，自然成了他一天再度充電的重要時刻。

雅婷一家，早已習慣父親多年來這樣的生活方式，只要別在他小憩或午睡時踩到雷，大家也就相安無事、見怪不怪。

遇到假日或特殊節慶，家中偶而需要聚餐或出遊的時候，雅婷和其他家人大抵也會識相地，儘量避開父親午休補眠的時間。比如聚餐時，她們最常做的事，便是搶在店家一開門營業時，然後以「第一組客人」現身，接著整個聚餐的過程，雖不至於吃出「戰鬥餐」的氛圍，不過，一旦父親露出「閉目養神」的樣貌時，大家就得繃緊神經趕快大快朵頤，於是負責催菜的催菜，坐著用餐的，也會相互使眼色或猛指手錶暗示，無論如何，接下來一定得確保父親大人像「灰姑娘」般，趕在最晚下午一點左右時鐘敲響前，讓他平安躺回家中的大床才行，否則，後果就等著看他如同後母般鐵青著的臉，明示或暗指催促著大家趕快離開現場。

一般來說，家族聚餐，原本應該是怡人輕鬆的，但在雅婷家，就因為父親既有「午休」的潛在規則下，只要時間沒有掌控好，搞到最後，輕鬆的飯局，就極有可能演變成「不可收拾」的災難，換成家人偕同出遊的話，那就更不用說了！只要有父親大人在，往往很難心且曠神也怡地，好好去享受遊山或玩水的樂趣，多年下來，大家出遊的意願自然就變低了，最後，僅剩雅婷還有母親，偶而願意捨命陪大人，不過充其量也只是出去兜個風罷了，通常停個車後，在外面了不起待個一兩個鐘頭曬曬太陽，連吸收個維生素D都嫌勉強，然後便來去匆匆，三人最後還是回到家中，草草解決午餐為快，像這樣連半日遊的模式都扯不上，父親都可以當作是「玩」回來了。

就因為父親堅持有的沒的潛規則，弄到後來，不論是聚餐或出遊，誰也不想自討沒趣，於是，久而久之，對於這些活動，雅婷家中能省則省，誰也不想無事惹塵埃了。

然而，一年當中，總還是有省不了或不該省的聚會吧？比如父母親的慶生活動。

有一次，因身為壽星的母親，心血來潮突然想來個「素」一下，即使父親平常的無肉不歡，偶而為之應該不算超過吧？於是，那次聚餐的地點，雅婷特地挑選在某個素食的Buffet餐廳，自助式的菜色豐富可任君挑選，固然是首選的原因之一，再者聽說該餐廳針對當月壽星和高齡的長輩，還佛心地提供半價的優惠，此外，更吸引人的是，雅婷喜歡該餐廳會幫壽星慶生的噱頭，只要事先告知，用餐時，店家便會透過廣播唱名的方式，然後隨著播放的生日快樂歌，讓壽星擁有最尊榮的祝福。

「等一下要去哪吃飯？」

就在距離聚餐約莫一週前，雅婷早已跟父親提過的了，怎奈父親大人完全不當一回事，當天出發前，還來這麼一個「大哉問」，似乎也為接下來的整個事件，埋下了伏筆！

當雅婷一家被餐廳的服務人員帶領到位子後，包括壽星的母親、大姊和姊夫便歡天喜地，開始目標朝向自助餐吧台上琳瑯滿目的菜色，紛紛將佳餚美味盛滿碗盤，準備餵飽自己的五臟廟，無奈，此時此刻，但見父親一人的盤內，菜色竟像點綴般少得可憐。

「爸，你哪會攏無吃啊？」第一時間雅婷發現了。

「哪有啥物好吃誒？……」父親忍不住嘆了口氣！

大家先是你一言我一語地，都還不忘關心在意父親的食慾，後來慢慢地，大家逐漸把焦點落在壽星母親的身上後，再也沒有人去留心他繼續的長吁短嘆，何況美味當前，各自先填飽肚皮再說了！

就在大家吃進第一回合，齒香才剛涮過嘴邊、方才真正要展開味覺的「廝殺」時，雅婷這才不小心瞥見，糟糕了！一直黏在座位上的父親，時不時雙手撫摸自己的臉頰，然後，那個雙眼緊緊閉目養神的招牌動作，萬萬都沒想到，這麼快就開始出現了！

「讓我們歡迎現場嘉賓〇〇女士，祝她生日快樂！」

隨即沒多久，在場壽星的嘉賓，包括母親的名字一一被廣播唱名，大家跟著生日快樂的歌聲唱了起來，還不忘邊拍手獻上祝福，此刻的父親，像極了不得已被併桌的陌生客，彷彿完全不相干地，被迫挨坐在雅婷一家子旁，同時，他依舊沒有忘了繼續閉目「坐禪」著。

接著，不知歷經大家幾回合的吧台「征戰」，胃裡頭大概也都塞得差不多時，但見大姊手中的盤子依舊盛滿著東西，意猶未盡地，當她正從彼端的吧台朝自己的位子走回，坐下準備再度享受時，父親這頭從剛剛一直醞釀的山雨欲來，終於再也止不住，猝不及防地，排山倒海一整個地宣洩了出來！

「恁的生活跟我攏不仝款（你們跟我的生活不一樣）啦，透早天未光我就要出門去（游泳），我有多累，知道嗎？！恁到底是要吃到什麼時候？規氣我自己叫計程車轉去厝卡快（乾脆我自己叫計程車坐車回家較快）！以後我都不要參加這款什麼聚餐啦！」臉上爆出好幾條青筋的父親，說完便起身。

原本歡樂的氣氛，瞬間，整個冷到最冰點！

於是，大姊雅雲嘴裡哪敢再繼續塞東西？眼神直接就掃了過去，大姊夫接住後，隨即也趕緊離開座位，尾隨著鬧脾氣的父親快閃而去，留下大家一個個的錯愕！本是肉食主義者的父親，不見半塊肉的吧餐顯然吸引不了他，害他苦坐冷板凳想必都已夠委屈了，這場素不素與他完全無關的饗宴，偏偏大姊雅雲還有完沒完地加碼演出，眼見自己寶貴的午休時間，就這樣分分秒秒給浪費掉了，難怪他顧不得那麼多，直接便在大庭廣眾下狂飆！

後來，當輪到父親換成壽星的主角時，雅婷心想，對照先前大肆幫母親的慶生，倘若在父親長尾巴的日子沒有任何表示的話，就怕他吃味了！為了肉食主義的父親，這次乾脆就來個全肉海鮮party吧！於是，雅婷戒慎恐懼地超前部署，好幾個月前便搶先預訂了一位難求的高檔海港自助餐廳，至於先前無端被掃到颱風尾的大姊雅雲，說什麼再也不敢跟了！

結果那一次父親的慶生，最後還是不怕死的雅婷和母親，捨命陪著他，在預定時間提早來到了餐廳門口，餐廳營業的時間尚未開始，同他們一樣事先已預訂的客人，早已讓餐廳外面門庭若市熱鬧了起來。好不容易等到餐廳開門了，雅婷一行三人興沖沖便直驅門口，不料，卻不得其門而入。

「麻煩請有預約的客人，先在這邊排隊！」

一般來說，餐廳大都會要求未預約者排隊等候安排，至於已經預約的人，通常只需報上名字後，立刻就會有工作人員帶路入坐，所以，雅婷他們很自然地都走到門口準備好要報上名字了，何況挨在他們後面有預約的客人，不也是依序自動跟進，早就井然有序地排起隊伍來了啊，坦白說，工作人員實在沒必要刻意讓大家再到一旁，「重新整隊」一番。

「啊你當作阮是小學的學生嗎？不然，幹嘛還要我們再排什麼隊啊！」

不料，工作人員的這個「多此一舉」，讓早已苦等得氣急敗壞的父親，毫不客氣地開砲了！雅婷沒想到父親會在眾人面前發飆，結果還引來排在他們前頭的一組客人的轉身一看，頓時，雅婷簡直千百個「窘」字上身，讓她無敵地尷尬！

這頭工作人員卻完全不理會父親的砲轟，仍認真地像是小學老師，只差沒拿起哨子一吹，結果折騰了好一會兒，看著所有預約的客人都集合整好隊了，才放行讓大家一一進入。

一開始就被這段小插曲無端亂入了，整個慶生的氣氛眼見就快變了調，即使餐廳內吧台上，擺滿了各式各樣令人垂涎的料理，一副趕快「來吃我」般吸引著雅婷他們的目光，不過，父親的胃口，似乎早被先前的怒氣餵飽了一半，果然，沒兩三下的工夫，他那閉目養神的招牌動作，又出現了！最後，根本等不到用餐的限制時間，甚至雅婷連跟父親說聲「生日快樂」的機會都沒，三人便草草敗興而歸。還好，提早離席的關係，及時趕上也滿足了父親午睡的時間，勉強說來，算是那次慶生中的唯一小確幸。

一年難得一次的生日，說穿了，對於雅婷父親大人來說，其實不過就是庸碌的365天裡的普通一日罷了，還得被迫在自己的年紀上「+1」，若還得有的沒的慶生折騰翻攪，不如，讓他抱個枕頭山好眠更實惠吧？

偏偏幾次的經驗下來，雅婷還是「鐵齒」不信邪。

有一年，她又悄悄地在有名的法式餐廳預了訂，就在父親生日前的一個週末正午，打算給父親來個不一樣的surprise！

那天，沒有例外地，雅婷和父母三人，又成了店家當天一開始營業的第一組客人，然後在服務人員的引領下，踏進了雅緻的餐廳。

正當服務人員為他們貼心地一一捧開菜單時，急驚風的父親，乾脆連瞧上一眼都省了，只聽見他對著雅婷說：

「阿婷妳點就好，但是重點，菜要緊出出就好（趕快上菜最好）啦……」

雅婷當場略顯尷尬，內心OS著「最好服務人員沒聽見」，隨即火速便幫兩老點餐。

接著，服務人員幫兩老繫上餐巾，因著這個貼心的動作，母親感到有些受寵若驚，反觀父親，竟是一身的不自在。

沒多久，服務人員立即送上了前菜，同時附加餐點詳細的說明。

「太好了，上菜還蠻快的嘛！」雅婷瞧一眼牆上的時鐘，暗地鬆了口氣。

接著服務人員陸續端上麵包和湯品，看著兩老安靜地品嚐，慶生出場的「前戲」，至少都沒問題，雅婷也稍微心安，只是當麵包和湯品被完食後，距離主餐端上桌前，有一段時間突然沒戲唱了，眼前的桌上空空、連帶話題也變空了，牆上的時鐘同樣一分一秒地走，殊不知雅婷的內心，開始分秒地忐忑起來。事前，雅婷一心一意只想著，要讓老爸老媽嚐嚐難得的法式料理，卻壓根沒料到法式料理所謂的精髓，不就是浪「慢」的講究嗎？所以，怎可能投父親所好的～～「菜緊出出」啊？

雅婷心想既不能「老土」地催促廚房上菜，又擔心等不及的父親可能又要出怪招，不得已之下，她稍稍暗示了一下服務人員，結果，就在主餐聲聲催不來的狀態下，父親雙眼緊閉「坐禪」的招牌動作，又出現了！

「這是您的法式……」

還好，沒等父親「坐禪」太久，趕在雅婷額頭的汗珠欲滴之前，好不容易，服務人員優雅地將「救命」主餐端上桌了！看著兩老無聲勝有聲地大快朵頤之後，雅婷這才剛用餐巾擦完嘴，父親就一副「草地親戚，食飽就走」打算走人的態勢，「稍等一下」，雅婷提醒父親的同時，不忘用眼神知會旁邊的服務人員，畢竟，慶生的「好戲」才正要登場呢！

「生日快樂！」

工作人員隨即端上了特製的生日蛋糕，同時，餐廳的音樂也換成了法式的〈生日快樂〉樂章！

「吼～愛睏欲死，規氣（乾脆）叫人把這蛋糕打包好了，我想要卡緊轉去睏啦！」

原本看似美好的慶生過程，終究，還是被老爸的這句話給破功了！

工作人員八成也是第一次遇到，為了急欲回家睡覺，居然連小蛋糕也要打包帶走的客人吧？雅婷又是一度難堪窘態！最後，乾脆餐後飲料也不喝了，當下趕緊買單儘速求去。

從此之後，雅婷學乖了，俗話說的「食飯皇帝大」，對於父親而言，則完全行不通！他的飯可以草草速食，若是害他遲了睡的話則免談，還管什麼慶生或聚餐呢？

直到父親住進機構過起團體的生活，即使一場車禍，意外斷絕了他多年來游泳的作息與習慣，不過唯獨午覺這檔事，絲毫沒有因生活環境的改變、或腦筋的退化而受到影響。

記得父親入住寄宿生活的第一個生日，為了讓父親吃些平常伙食吃不到的東西，也算是家人團聚的一個好機會，於是，雅婷又興起了慶生聚餐的念頭。

「免免免，我在這裡吃飽飯就可以睏了！」

「若出去吃飯，我這裡的飯菜怎麼辦？」

「嗯，清菜（隨便）啦，攏好啦！」

為著這慶生的一餐，父親前前後後的說詞反反覆覆，正巧機構附近的一家餐廳，願意配合早吃習慣的父親，破例提早讓他們入內點用餐。慶生的那天，難得雅婷一家子，包括父親都吃得盡興，而且，父親那個緊閉「坐禪」的招牌動作，從頭到尾，居然都沒有出現！更重要的是，那場慶生宴，不僅身為主角壽星的父親開心地洒足飯飽，等到結束後，連雅婷送他返回機構午睡的時間，都還綽綽有餘。

「哇~躺下來睏的時候，上蓋讚啦！」

雅婷陪著他進入房內，先前大快朵頤的佳餚美味，相信早已從他的腦海一掃而空了，此時此刻，對於父親而言，恐怕還是「睏飽皇帝大」吧？任何的山珍海味，到底，永遠還是敵不過他那大字一躺的「睡睡平安」吧？

【來個特寫鏡頭吧】

「哇~躺下來睏的時候，上蓋讚啦！」

父親瞇著雙眼自顧自地陶醉，臉上笑得快溢出來的滿足模樣，大概是雅婷看過父親這輩子最幸福的表情了，而且看起來是那麼地純真、還有無與倫比的古錐呢。

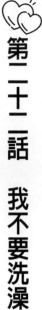

第二十二話　我不要洗澡

我不要給那位「躿跤」洗，我不要洗身軀……

「我就是不洗澡，難道不行嗎？」

「爺爺，您兒子女兒都說您好多天沒洗了，今天上午您又沒洗澡，現在剛好都沒有人在洗，要不要去洗一下較舒服？」

「我就是不要，妳再說，我就揍妳喔！」

某天，雅婷陪父親散步完，看著他就寢後，離開前經過公共大澡堂時，突然聽到父親說過很欣賞的那位爺爺，一反平常斯文的模樣，判若兩人地對著某工作人員不斷地咆哮，然後幾度作勢要打人。越看苗頭越不對，雅婷擔心那位工作人員接下來是否要挨揍了，於是趕緊去找來其他男性的工作人員前來支援。

事後幾天，雅婷遇到差點被揍的那位工作人員時，忍不住趨前關心，這才約莫了解，其實，那位爺爺早已失智，而且對於洗澡向來排斥，聽說還曾因此動手打過負責幫他洗澡的外籍看護。看著他一連好幾天都拒洗也不是辦法，於是，該工作人員才帶著家屬的期盼好心勸說，沒想到差點換來挨拳頭的份。

這讓雅婷想起了阿福嬸的故事，傳聞她失智到後來，嚴重時也是逢洗澡必打人，即使連她從國外返回的女兒，幾度想協助看護幫忙洗澡，也毫無倖免地被亂拳揮打過。

當人的認知出現異常時，不知是否因回到最本能的防衛心態，才會翻臉化成刺蝟般、「豎」起自己的防衛機制奮抗到底？可是從照護者和家人的角度來看，無非也是希望透過全身的清潔後，讓失智者得以換來通體的舒暢。殊不知，在失智者本身和照護者之間，因著洗澡帶來的折騰和拉鋸，卻是時有所聞。

相較於阿福嬸和那位爺爺的強烈排斥，還好，洗澡對雅婷父親而言，雖說談不上樂在其中，至少，她從未聽說過父親抗拒，而且對於機構的協助安排，至少還算是滿意的吧？要不然他不會在剛入住機構之初，逢親友前來探視時，幾乎必主動且欣然地帶著大家參觀環境，尤其每次經過大澡堂時，常不忘誇讚這裡的「洗身軀」（洗澡）真工夫（周到）呢！

只是，風水還真的會輪流轉，雅婷做夢都沒想到，一次不預警地，她居然被機構告知，父親「罷洗」了！

「爺爺今天一早就搖頭說不洗澡喔！」

莫非，父親失智的狀況，也開始步入阿福嬸的後塵了？雅婷一度擔心，父親失智的速度是不是突然加快了？所幸，這段「罷洗」插曲，實際說來，非關他腦筋退化的問題，純粹起因於，原先協助父親洗澡的外籍看護阿雅，突然被換成了「躼跤」的阿菲，一時之間讓父親不爽罷了。

提起阿雅或阿菲，傳聞早在雅婷父親入住時，便已在機構內服務，在眾多的外籍看護中，她倆都算是經驗豐富的「老鳥」了，不過，或許是阿菲就吃虧在她稍大的年齡和高大的外表下，常給人大剌剌粗線條的錯覺，反觀嬌小的阿雅則宛如鄰家女孩般，加上她的貼心和嘴甜，無論看在住民或家屬眼裡，相對就多了滿滿的信任和暖心。尤其在雅婷父親的心目中，阿雅的細心，堪稱機構裡無人可取代的「王牌」。自從父親入住機構以來，短期的記憶越來越差了，他從不記得任何工作人員或看護的名字，所以，負責房內大小雜事的阿菲，因為身材的關係，他也只管她叫「躼跤」，可說也奇怪，唯獨阿雅一人，父親卻叫得出名字。

然而，就算父親屬意阿雅，在這個機構裡，終究她不是父親一對一專屬的照護者。由於機構人力的調整，有一天，原本負責父親洗澡的阿雅，就被換成阿菲了。其實，父親對阿菲一點也不陌生，只不過叫不出名字罷了，可是，父親一住進機構，就仰賴也習慣阿雅的協助洗澡了，對於這突如其來的改變，他根本無法接受，於是，被換成阿菲協助洗澡的第一天，聽說他就即興演出「拒洗」的戲碼。

一次不洗澡還臭不死，兩次再不洗的話，就怕會變成習慣了，況且在機構內兩天才洗一次的不成文規定下，一旦接連兩三次不洗的話，累計便等同於一個禮拜沒洗，那麼，雅婷父親豈不要變成納垢精了？

「老爸，啊你今天有洗身軀嘸？」那陣子父親接連的「罷洗」，每次雅婷一看到他時，總少不了這句台詞。

「啊，阿哉？好像有，又好像沒，我袂記啦！」父親笑得一派輕鬆，不像是故意裝傻。

「是喔？啊你按怎攏無換衫褲？」

「啊這衫褲都很乾淨啊！」

雅婷完全搞不清楚父親到底有沒有洗澡，只好轉向阿菲偷偷問她。

「阿公說不要洗啊！」阿菲滿是無奈地回答。

「爺爺今天還是揮手說不洗澡，我們怎麼勸都不聽喔！」跟工作人員確認後，同樣的說法。

「老爸，聽說你今天又沒洗身軀喔？」

「啊我就不要給那位『躼跤』的洗呀！」

「為什麼？你若是不洗的話，身軀會臭臭呢！」

「妳都不知道，她很粗魯呢！」

「我想要讓卡早那位幫我洗啦！」

雅婷從未聽說過，其他家屬或住民對「躼跤」阿菲有意見，也怕無端帶給阿菲壓力，於是，只好選擇先靜觀其變，然後再交託工作人員，希望下次洗澡時能協助勸進父親。

孰料，接下來的幾個洗澡日，雅婷一入機構，看著父親連日來都穿著同樣的衣褲，要是再持續下去的話，她真的擔心，父親從此就不洗澡，恐怕真的要做仙（癬）了！

「老爸，你今天又沒洗身軀了吼？我已經聞到臭烘烘了！」雅婷故意誇張地說。

「老爸，你卡慣習讓那位阿雅洗，對嘸？是不是她卡少年卡水（較年輕較漂亮）？」知道父親吃軟不吃硬，雅婷先和他半開玩笑。

「嘿啦，嘿啦，那個『躼跤』卡老，我不要啦！我想讓卡早那位阿雅幫我洗啦！」

搞了半天，腦筋看似越趨不靈光的雅婷父親，到底還是不改男人的本色啊，連洗澡的助洗，再怎麼說，還是要指名原來的阿雅，畢竟，顯老的「躼跤」阿菲，整個外表完全就被比下去了，阿雅確實看起來的確較「幼齒」可愛！

最後，拗不過執著頑石如他，所幸機構也願意為他略作調整，讓改為幫住民奶奶洗澡的阿雅，當日開始幫奶奶洗澡前，破例先協助雅婷父親一人洗澡。

最後，總算喜劇收場，父親看到阿雅又回來幫他「洗身軀」，於是，才又歡天喜地恢復正常洗澡。

「那位叫做阿雅的人真好，每次洗身軀時，透早都會跑來床邊叫我起床，而且，我們房內她就只叫我一人哩，對我真的很好！」

殊不知，機構裡男女住民的洗澡日，原本就是錯開分別洗的，經過人力調整之下，原本只在女住民洗澡日才協助洗澡的阿雅，當天一早得趕在幫其他奶奶洗澡前，就必須先打點協助雅婷父親的洗澡，因此想當然耳，一大早正式「上工」前，阿雅得小心不吵醒其他爺爺之下，先把父親「挖」起來，提前洗澡才行。

沒想到，經過機構的這番調整之後，意外地讓父親的自我感覺良好，以為機構獨厚於他、讓他擁有VIP的待遇而沾沾自喜，真是天才啊！「拒洗」風波從此圓滿落幕，只要他開心就好！雅婷心想。

「吼～那位『躼跤』也搶著想幫我洗，啊卡早那位阿雅嘛叫我要洗，她們大家都相爭要摸我身軀、想要幫我洗呢！」

「哈哈，你這身老排骨，摸起來有卡舒服嗎？」聽到父親又往自己臉上貼金，雅婷簡直爆笑了起來。

「那還用說，不然，是按怎她們攏相爭要幫我洗？」父親笑得更得意了。

「嘿啦嘿啦，你人氣上好啦，誰叫你卡早是大頭家（大老闆）呢！」

遇上開始翻顛的老人家，有時不免常從他們的腦子裡，竄出天馬行空的奇怪想法，如果不是太超過，只要順著他們的毛去梳理，就沒事了。

「罷洗」的鬧劇方才落幕，想是沒事了，不料，後來沒多久，接連好幾天，雅婷又看見父親重複穿著同樣的衣褲了，通常她都是憑藉父親所穿的衣褲去判斷他是否如期洗澡。這次，又發生什麼事了嗎？雅婷納悶著。

「啊我想說就快要回家了，反正回到家再洗就好啦！」

原來，這回換成父親週期性又害思鄉病，然後像小孩子鬧情緒般，堅持不洗澡，吵著留待返家後再洗！

「阿公要回家，也要洗香噴噴的，再回去喔！」

多虧阿雅，懂得半哄半勸，不過「解鈴仍須繫鈴人」，身為家屬的雅婷，當然也得及時安撫他，幸好，這回父親的鬧情緒，不像第一次的「罷洗」般，來得急去得也快，沒有持續很久，他就又恢復正常的作息，之後，也沒再聽說他不洗澡了。

後來，也是為了協助提醒健忘的父親，雅婷通常會在他洗澡日的前一晚，陪父親散步完，在他躺下入睡前，先幫他準備好隔日洗澡要換穿的內外衣褲，然後置放在床邊的輪椅上，以便他翌日一早醒來，一看到乾淨的衣褲，就能想起這天該洗澡的事。

日復一日，關於雅婷父親洗澡的事，總算不再有突發狀況了。不過，就在疫情爆發前，卻傳來阿雅的任期屆滿、即將打道返國的消息。

「好可惜呀！我媽一直都很習慣阿雅呢，現在機構聽說也開始換另一位看護和她在交接。不過，阿雅如果走了，那妳爸洗澡怎麼辦啊？」

父親限定阿雅協助洗澡的糗事，後來很快就在雅婷她們熟悉的家屬間傳了開來，長期以來，阿雅在長輩和家屬間建立的好口碑，也讓大家一則不捨一則擔憂，走了阿雅後，長輩除了又得重新適應新的看護外，接下來遇到的新移工，不知是否也能同阿雅一樣的貼心？

「阿雅，妳快要回去了喔！」

有天看著束著護腰的阿雅剛好經過，雅婷心想直接問本人最快，若是阿雅回國的消息屬實，那就必須早點幫父親開始「打預防針」。

「對！十二月的最後一天，我就會回去了！」阿雅點頭笑著說。

「她不是這裡的人嗎？」雅婷父親突然又變得不清不楚了。

「老爸，你袂記了嗎？她離開印尼來這裡辛苦工作，三年來攏無轉去過，她那邊還有老公和兩個孩子等著她哩！她若是轉去印尼，到時候要叫誰幫你洗身軀呢？」

「哎唷，洗身軀這小可仔代誌（洗澡乃小事一樁），我清菜（隨便）啦，誰洗攏嘛可以……」

父親話才說完，剛好另一位身材微胖黝黑的外籍看護經過，雅婷藉機打趣說：「讓這位小姐洗，好嘸？」

「那位我不要！」父親稍早才說的「清菜」，就被自己狠狠打臉了！

幾個月前的前車之鑑，讓雅婷不免擔心，阿雅這一走，父親挑人洗澡或拒洗的事件，是不是會再度重演？

「嗯，我們已在幫阿雅原先負責的工作，重新開始安排與調整，包括洗澡的部分，妳爸爸的情形我們也會特別注意。」父親的狀況，顯然工作人員最清楚不過了，一聽到工作人員的這番話，雅婷彷彿吃了定心丸。

沒多久，機構裡來了另一位新人阿文，看似年輕、聽說也已是一個孩子的媽了，她就像是老天爺派來的天使般，笑起來的感覺，恰巧與阿雅有幾分神似，然後，就在阿雅返國離開前的兩週，機構開始讓她著手交接，協助雅婷父親的洗澡工作。

「阿公，我幫你洗澡，好不好？」

那天她在工作人員的帶領下，特地過來和雅婷父親打個照面。

「好啊好啊，多謝！」一看到是可愛的小姐，父親開心地點頭便答應。

「老爸，阿雅就要轉去印尼了，以後換她幫你洗身軀喔！」雅婷也補充說。

「阿婷，啊她要轉去她的國家喔？我想要包個紅包給她！」在阿雅返國前，遇到父親腦筋靈光時，會一直惦記著要給她紅包。

「啊妳說她要轉去哪？她在這有男朋友呢！我時常看到她每次放假，攏穿卡水水要出去約會，千萬不可以給她錢，她在這裡有家庭哩！」一旦碰到父親老番顛時，卻又跟雅婷鬼扯一番。

最後，就在父親腦袋靈光的某個週日下午，雅婷拿著準備好的紅包，讓父親私下親自塞給了阿雅。

「阿雅，謝謝妳一直都很照顧我爸！」雅婷不忘給阿雅一個大的擁抱。

「謝謝！多謝！」看著眼眶泛紅的阿雅，父親也真心地跟她致謝。

接著應父親的要求下，阿雅暫時卸下工作圍裙，並拿掉長期掛在臉上幾乎遮住她姣好臉龐的口罩，然後在雅婷的手機裡，留下了她和父親難得的同框紀念照，同時，她們之間彼此還交換了line，說好等阿雅返回印尼後，有空時再露個臉視訊看看。

沒多久，國內外新冠肺炎的疫情，便如火如荼地襲捲而來，還好，阿雅趕在疫情發生前，如期順利地返回了印尼。

疫情來了，機構裡的美髮義剪也沒了，雅婷父親為了解決他那不到三千的煩惱絲，曾經臨時加演了不洗澡的歹戲，說什麼「不幫我理頭，就不洗澡」！還好，「躼跤」阿菲擁有剃頭的好本領，雖不是正妹的美髮師，「無魚蝦嘛好」，雅婷父親頂上的煩惱，很快就能獲得解決，才沒讓他洗澡的罷洗成為常態。

後來，疫情當頭，儘管外面的世界，大家都被那COVID-19的病毒，搞得人心惶惶的，雅婷父親始終都像是活在平行世界裡的人，管它叫做什麼武漢肺炎或COVID-19的。

倒是機構裡明顯少了阿雅，剛開始只要一想起，雅婷父親便會從他嘴裡阿雅長阿雅短地念念不忘，時而看著那張兩人的合照，或是偶而透過雅婷的手機，在line的視訊裡，和她開心地揮揮手。在父親有限的短期記憶裡，曾經，他念茲在茲的，有阿雅這麼一位外國人，總是用著蹩腳的國語，每天會跟他的台灣國語噓寒問暖。

只可惜，這之後沒多久，在父親的記憶裡，那位可愛的外國人身影越來越模糊了，當雅婷再度提起時，甚至，父親再也唸不出「阿雅」這個好叫的名字了。

【來個特寫鏡頭吧】

「吼～那位『躼跤』也要幫我洗、啊卡早那位嘛叫我洗，她們大家都相爭要摸我身軀、想要幫我洗呢！」

雅婷父親開心極了！整個臉上寫盡了春風與得意，完全應證了俗話說的「囂俳」（ㄒㄧㄠ ㄅㄞˊ），有誰還能比他更神氣呢？

第二十三話　一個人的單親照護

「妳是來看我的，別人的事不要去管，那樣雞婆做啥？」幾次雅婷握著盛有飯菜的湯匙一靠近，「年輕奶奶」都還在要不要張開口間游移時，就被眼尖的父親掃視到，然後像是喝了500 cc的醋般，酸溜溜地喊她。

喔伊喔伊……，這天雅婷依預約的時間正前往機構大門時，赫見一輛救護車就停在門口，在救護人員的協助下，一位躺在擔架上的住民被送上車，等她走到門口時，救護車便鳴笛揚長而去了。

機構這裡就形同醫院的縮影，救護車進進出出的場景，早已讓雅婷見怪不怪了！不過，依稀看到陪同上車的那熟悉身影，令她就有些懸念了。

「那位年輕奶奶剛剛坐上救護車呢！」

學妹惠雯剛好預約稍早前的會客時段，也目睹了整個經過，看到雅婷進門來，順便八卦了一下。

在機構裡，雅婷父親常搞不清狀況倚老賣老說著，「我是機構裡年紀最大的」，殊不知人外有人，明明在他六人房的室友裡，還有位腦筋相當靈活的九十多歲「大哥」，另外還不包括其他一些臥床的長者，若要論排行，父親也只能排入「中生代」的行列，上頭恐怕尚有數一數二、甚至數三的大哥大姐呢！因此，在這些眾大哥大姐當中，幾位零星較年輕的住民，就更顯得引人注目了！學姊口中八卦的「年輕奶奶」，正是這其中之一，然後，稍早前雅婷眼見關注的那身影，沒錯，就是平常比她更殷勤過來陪伴「年輕奶奶」的，唯一兒子。

「聽說今天下午午睡過後，外籍看護正準備要帶『年輕奶奶』從房間出來，不料看護才進房，便發現不太對勁，好像是『年輕奶奶』發高燒，而且昏睡叫不醒！」在旁的另一名家屬也附和著。

「天哪！怪不得她兒子跟著上救護車！希望她沒事。」

「那兒子真的很孝順！他媽媽聽說是早發性的失智，剛開始不嚴重時，他還正常上下班，後來媽媽頻頻出事，好像經常機車的鑰匙忘了拔，也曾經把大門的鑰匙錯插在機車上扭轉半天，而且還不止一次，有一次，聽說她又把大門鑰匙當機車鑰匙，扭轉半天不成，就在使勁吃奶之力亂轉下，機車大力晃動的結果，反倒被機車壓傷給骨折了，幸虧鄰居及時發現才幫忙送醫。

「之後他發現媽媽越來越奇怪，每次出門上班，心裡頭總是有好多個七上八下，一有突發狀況他就得請假，可是，一般公司都嘛不可能讓人家常請假。後來聽說他媽媽在浴室又摔了一跤，之前的骨折都還沒痊癒，那一摔之下，他媽媽最後變成只能坐輪椅了，他只好先辭掉工作，全心照顧媽媽。沒多久，他自己說的，該來的那天比他預期提早就報到了，他媽媽精神出了狀況，然後突然越掉越快！

「妳看他媽媽那樣，其實還很年輕，所以好像無法申請外籍看護，他自己也說，沒工作後，就算能請看護他也請不起。後來他媽媽變得連晚上都不睡覺了，他就跟著夜夜難眠、天天黑眼圈。

「即使是年輕人，長期下來的睡眠不足，你說，體力哪吃得消？他也擔心若一直沒工作這樣下去的話，總有一天，生活的開銷，肯定會讓他存款簿的數字掛零。可是，他捨不得、也不想一開始就送媽媽去機構，後來聽說有『日托』，他才送媽媽來機構試試看，然後順便找工作上班。不過，賺的薪水被『日托』費用和生活開銷扣一扣的，所剩也差不多了，重點是，他媽媽晚上不睡的問題，還是沒能解決，他白天上班照樣精神不濟。最後不得已，才讓媽媽住進機構的。

「但是，他偷偷告訴我，媽媽在這裡其實也不睡，護理師有建議，可以帶他媽媽去精神科再調藥看看，他也擔心，在機構裡，媽媽要是不睡的話，會影響到其他爺爺奶奶，哪天搞不好連機構的人也受不了，怕媽媽會被下『逐客令』離開。

「他好像不想讓太多人知道，這是私下話，別說是我說的喔！」沒想到那位家屬八卦的話匣子一開，居然扯個沒完沒了。

原來，那位陽光般的兒子，總是笑臉盈盈的背後，竟暗藏著這麼多的心酸啊！

雅婷想起疫情前可以自由入內陪伴父親時，好幾回爺爺奶奶都在用餐時，常常看見那位與其說是「奶奶」，或許改叫「阿姨」較貼切的住民，坐在輪椅上時不時打起盹，對於眼前的餐點根本就是視而不見，然後她兒子下班後一趕過來，通常還都會幫忙餵食，讓毫無胃口的母親勉強吃下幾口。

偶而趁父親用餐告一段落時，雅婷也會過去試著協助，讓「年輕奶奶」吃上個幾口。

「妳是來看我的，別人的事不要去管，那樣雞婆做啥？」

幾次雅婷握著盛有飯菜的湯匙一靠近，「年輕奶奶」都還在要不要張開口間游移時，就被眼尖的父親掃視到，然後像是喝了500cc的醋般，酸溜溜地喊她。

「剛剛工作人員有試過餵你媽媽，但她都揮手說她吃過了，然後就一直打盹！」

「哈哈，她都在『做仙』，晚上幾乎不睡覺呢！」

偶而「年輕奶奶」的兒子下班趕過來正在餵食，與她不小心四目相視時，雅婷會跟他聊上個一兩句，那位陽光般的年輕男孩，經常一派泰然自若，都當是在閒聊別人家奶奶的事般，同時望著看似與他若識又陌生的母親，然後繼續邊餵食、邊跟母親聊著那天的日常。

世界沒有悲劇和喜劇之分，如果你能從悲劇中走出來，那就是喜劇，如果妳沉湎於喜劇之中，那它就是悲劇。

——柯瑪克・麥卡錫《路》

當置身在眾多的爺爺奶奶群中，那位「年輕奶奶」似乎略顯著違和感，要不是看她坐著輪椅，第一眼看到她的人，肯定都會誤以為，她是前來探視的家屬之一。而在該位年輕的兒子口中，絲毫聽不到任何的怨天尤人，他與年輕的母親之間，每每毫無做作的親暱互動，看得出母子倆感情的深厚，即使母親好幾次都當他是陌生人認不得了，年輕兒子那陽光般的燦笑，總是溫暖了他那獨一無二的母親，也經常毫不吝嗇地，分享給身旁其他的爺爺奶奶。

所謂「山不轉路轉、路不轉人轉」，自從他母親早發性失智以來，既要照顧母親又不能讓家計空轉，每天的蠟燭兩頭燒，卻完全不影響他對母親的關愛與付出。

剛走在父母餘年這條陪伴的路上，雅婷不諱言，一開始自己不知道該如何去扮演好角色，而且，偶而莫名的孤寂感還會不自覺上身，縱使現在多了情同姐妹的學姊，也同她一樣接到類似的腳本「戲份」，然而，家家畢竟有本難念的經，何況每個家庭的「劇本」，也不盡然相同，更何況在這同時，雅婷自己也是人生下半場的舞台上必軋的主角，面對這一場人生的大戲，她既是導演也是演員，不過，這場大戲全然非關票房有無的問題，因此，雅婷根本無庸去在意他人的眼光，也無需去迎合外人的期待，唯有學著去揣摩調整，選擇並做好屬於自己的角色。

看到「年輕奶奶」的兒子那般陪伴他母親，雅婷也像是豁然地從愁雲慘霧中走了出來，無論現實的處境如何，她決定了，接下來她也要揣摩學習讓自己的角色，在人生場子的每一幕裡，走出來都是令人歡笑滿足的喜劇。

【來個特寫鏡頭吧】

「妳是來看我的，別人的事不要去管，那樣雞婆做啥？」

雅婷發現，父親越來越會吃醋了，住在他內心的那位小男孩，三不五時就會跳出來抗議，而且伴隨著的那對嫉妒令人震懾的眼神，簡直就要殺死餐桌上的小螞蟻……。

這招我要學起來！以後我若是要轉去，也要「恬恬」地離開，不要告訴別人，這樣就沒人發現了……

第二十四話　爺爺的「逃脫記」

「妳們爸爸都不會想回家嗎？我老媽天天吵著要回去！唉……」

那天雅婷依預約時間來到機構探望父親，又遇上了學姊惠雯，就在會客室等候時，另一位奶奶的家屬女兒，見到她倆，突然唉聲嘆氣地半自言自語。

住在機構這裡的爺爺奶奶，誰不想家呢？

聽說有奶奶，拿著自己的退休金，就來這裡養老了，說是不要麻煩家人。不過，這僅只是少數中的個位數，住在這裡大部分的爺爺奶奶，大都是身體伴隨有疾患，而且是家人無法隨旁照顧者。

事實上，打從入住機構以來，雅婷的父親，無時無刻便吵著說要回家，只要一想到，不但常會跟機構借電話連環扣她，甚且數度自動自發就「款」（整理）好行李，準備隨時就要還鄉呢！

「阿伯，你住這真好！這環境看起來真舒適，而且好多人陪你呢！」

雅婷父親開完刀後坐著輪椅住進機構，身上也連帶伴隨了homesick思鄉病，後來好不容易，他才逐漸習慣這裡的團體生活，每次親友前來探望他時，擔心他又爆思鄉病，總是不忘安慰他。

「嘿呀，這裡算不錯，我帶你來參觀，啊我睡這間房，啊我們都在這洗身軀，吼～我跟你說，透早就有小姐來房間叫我去洗身軀，而且洗得真工夫（很乾淨徹底）呢！」

遇上父親心花怒放時，他會化身如導覽員，笑臉盈盈地起身邊推著輪椅走，邊向前來「參觀」的親友，主動介紹機構內的環境。

「老爸，阿福伯，那個『膨風』的，你還記得吧？他太太阿福嬸，聽說現在『顛倒』（癡呆）得很嚴重了，他都說啊是你卡好，住這有較多人可以照應，嘛卡熱鬧，不像他在家裡，請了看護還無法度，現在就算要送阿福嬸去機構，嘛沒人願意收咧。」雅婷轉述阿福伯（嬸）的馬路消息跟父親說。

「真的吼？對啦，這不錯，蓋熱鬧！大家若要來看我嘛很方便！」父親有時也會笑著附和。

然而，金窩銀窩再怎麼好，終究還是比不過自己的窩！只要一想起，雅婷父親還是會惦記著要回家的事。

有一次，雅婷下午才剛踏進機構門口，不料映入眼簾的，父親早已「殺」氣騰騰地在入口處，焦躁地推著輪椅轉過來又轉過去，甚且在他的輪椅上，還放著一大坨像是聖誕老公公的禮物般，待她走近一步仔細一瞧，那哪是什麼禮物？父親這個老天才，居然用他自己的大浴巾，然後仿效古早人打包行李的方式，將他放在機構內所有的「家當」全捆包了起來！虧他才想得出來這絕招，結果，惹來旁邊經過的其他住民、或是工作人員們的啼笑皆非，可是此刻的雅婷，卻怎麼也笑不出來，因為，聽說父親午覺一醒來，整個人便開始推著輪椅焦躁地在入口處，引領期盼等候她的到來。

「妳怎麼這時候才來？妳不是說要載我轉去？」

「誰要是把老爸貿然帶回家，後果就得自行負責」。在家人尚未準備好可以迎接父親返家前，只要一想到當初大姊的這句話，加上雅婷獨自一人又無法cover的情況下，她至今依舊沒有勇氣，主動向父親示意說要帶他回家。

可憐的父親，該不會是想家想到幻覺了？面對父親天外飛來的這番話、以及「款」好家當這突如其來的舉動，雅婷內心萬般地不捨和糾結，眼淚直在眶下打轉。若不是情非得已，怎忍心放一位老人家如此有家歸不得？她強忍著就要掉落的淚水，當下邊思索，接下來該如何平息父親的這把怒火、以及收拾這個難堪的場面。

「老爸，你記不對啦，我不是說『今天』要載你回家啦，我是說，若要帶你回家時會跟你說，也會事先拿我出國用的皮箱，過來幫你『款』行李。老爸，你卡早是大頭家呢！哪會用這款洗身軀的毛巾包『包袱』啊？看起來嘛不蓋好看，對嘸？」

「妳說妳會拿『皮箱』過來幫我款行李喔？」

「嘿呀，咱若是要轉去，我會跟你說，然後幫你款好好，才載你轉去。」

幾經雅婷的安撫勸說後，父親原先的怒火，才慢慢降溫，但還是留下一臉的落寞與失望，最後在她的陪同協助下，又回到房間內，一起將大浴巾解開，然後把綑綁著的「家當」，一一重新整理歸位。

曾經有一陣子，雅婷父親腦筋顯得混沌，常搞不清楚自己置身在何處，唯一意識到的，就只是沒住在老家，然後人地事物都相當離譜地，一下子跟著他糊裡糊塗的腦袋物換星移，甚至以為白髮蒼蒼的自己，目前還在過著軍中的生活呢！

「我什麼時候可以『退伍』？……」

「啊政府有講我要住多久嘸？」

「老爸，你早就『退伍』沒做兵啊啦！當初是因為你車禍，頭殼內出血，所以你的大腦有開過刀……」

每次遇到父親腦筋又突然「掉漆」時，雅婷就會不厭其煩地，像是把電腦重新reset般，邊從頭講述父親的故事，順便幫他腦袋瓜裡的記憶重新整理。

「是這樣喔？莫怪我照鏡子時，都看到頭殼上有一條疤痕，我有開過腦喔？」

父親這才摸著自己的頭皮若有所悟，「啊妳講我從病院出來，就住進來這裡了喔？」然後宛如從一堆經久雜沓紊亂的往事中，慢慢抽絲剝繭般，把他發生過車禍、從機車摔下來的片片記憶給翻了出來。

對於住在這裡的大多數爺爺奶奶來說，那份想家的心，大都不曾因腦袋瓜變得糊塗而遺忘過，即使雅婷的父親，每天尚且還能看得到女兒雅婷前來陪他，終究，陪伴是一回事，想家又是另一回事。

「妳別看我老媽，比妳爸還番癲，有時也一樣會『花』，吵著說要回家呢。」

雅婷在機構裡常遇到的一位家屬，此刻悄悄握住她的手，適時撫慰了同樣身為兒女的難處，以及外人無法理解的那份感同身受。

和多數爺爺奶奶的處境類似，迫於許多現實面與難題，很遺憾地，父親好幾次想回家的渴望，到最後不得已，雅婷也只能忍心暫時讓他落了空，也難怪父親的心情，總是免不了的起起伏伏。

在他「款包袱」的事件之後，當父親心情已然平復的某一天，雅婷在前往機構的途中，突然看到機構裡的大小廚師，神色匆匆機車互載地便沿著附近街道騎開，該是外出或採買東西吧？起初雅婷並不以為意。俟她抵達機構時，只見機構門外停有警車，入內後也看到穿著制服的警員，空氣中有種不尋常的詭異氛圍。

「發生什麼事了嗎？」雅婷忍不住問了工作人員。

「喔，午休過後，當大家在交誼廳活動時，赫然發現有位爺爺失蹤了！大家即刻分頭出去附近尋找，因為都沒找到，只好報警了！」

「蛤？是說他溜出去時，難道都沒人發現？他不是行動不便嗎？」

雅婷腦海裡立刻浮現，前一晚陪父親散步時，才被父親戲稱坐在輪椅上的某位新面孔「不懂規矩」，工作人員口中失蹤的「爺爺」，該不會說的就是他吧？那位爺爺看起來腦筋像是還靈光，但，怪了，他不是坐在輪椅上嗎？行動應該是不方便的，怎還有本事且神不知鬼不覺地成功「脫逃」，未免太誇張了吧？完全沒有半點幸災樂禍的心態，不過，還是讓雅婷忍不住笑了出來。

然而，若是因機構的「維安」出了問題，才導致爺爺不廢吹噓之力輕鬆就能「翹」出機構，那麼，父親成天動不動就喊說要「叫計程車回家」、日日夜夜也常思索著該如何「搭公車回家」，一想到哪天要是出現個萬一，「越獄」者極有可能換成是父親時，雅婷嘴角的笑意，嘎然便停止了！

「聽說他應該是趁看護不注意時，從房間的窗口爬出去的！」

「天哪！」

有道是「道高一尺，魔高一丈」啊！那位爺爺未免也太聰明了，才能想出這個避開大家注意力的妙招！聽說那間房的窗外，正巧是一片空地，也許爺爺「脫逃」前，早已從房內望外、縝密觀察過逃離的路線了吧？

「找到了！找到了！」

直到父親開始享用晚餐時，工作人員向雅婷使了眼色後，然後繼續接著說：

「爺爺的家屬有來電，說他自己搭計程車回家了！不過，當初家屬就是因為沒辦法照顧，才把他送來這裡的，所以，即使他都自己返回家中了，家屬說，晚一點還是會把他再帶回來機構。」

果然，等到父親用完晚餐，雅婷陪他出去漫走返回機構內時，又看見那位爺爺坐在輪椅上，若無其事地看著電視了！

後來雅婷才聽說，原來該爺爺腦傷的狀況，其實跟父親不相上下，也曾經歷過手術，至於行動能力方面，和父親的情形也大抵雷同，外表看似沒問題，不過平常輪椅還是缺之不可。

「老爸，下晡（下午）失蹤的，就是那位阿伯。」

那位爺爺的「脫逃」事件，算是機構裡的大新聞了，當然父親也從大家的對話中略知一二。

於是，父親跟著雅婷的眼角，望向那位爺爺瞥看了一眼，然後，神祕中帶著得意的笑容說：

「這招我要學起來！以後我若是要轉去，也要『恬恬』（靜默）地離開，不要告訴任何人，這樣就沒人發現了……」

「老爸，不行喔！哪天如果你要轉去時，我們絕對會來載你，你千萬不可以自己真的偷偷跑掉了，萬一你無去（失蹤）了，那就得換我們要去叫警察來幫忙找人咧！」

「無去就無去啊，如果這樣的話，我規氣（乾脆）就去做別人的爸爸就好啦！」沒想到父親促狹一笑！

「爸，卡講嘛是自己的爸爸上好，而且，若真正要半路認阿爸，誰要認七老八老的阿伯做阿爸啊？」

看著別人家爺爺的「逃脫記」喜劇收場，父親倒異想天開，也想來個「東施效顰」，雅婷明白，他不過就是說說罷了，應該還不至於起身而力行吧？

「恁款好嘸？」父親沿著手扶梯從樓上的房間矯捷下來，劈頭便說。

「等一下，媽媽還在便所（廁所）。」

「吼～每次都是『上轎才欲放尿』[1]！去叫她卡緊咧啦！」

「爸，你駛卡慢誒（開慢點）……」

---

1 台語俗諺，形容人做事，未能預先準備周全或瞻前顧後。

父親回到家了嗎？不對，他已經不會開車了，他現在只能坐著輪椅啊！

啊～原來，又是一場夢！

每次父親想家想得嚴重時，就會頻繁地跑到雅婷的夢裡來，而且奇怪的是，每次夢中的父親，依舊是那個意氣風發、雅婷引以為賴的大老闆模樣。

有時夢醒時分，雅婷都還是矇懞懂懂的，父親真的出過車禍了嗎？有時甚至讓她一時分不清楚，到底哪個是夢、哪個才是真的……。

【來個特寫鏡頭吧】

「這招我要學起來！以後我若是要轉去，也要『恬恬』地離開，不要告訴任何人，這樣就沒人發現了……」

雅婷父親一直以來，對於自己如何從機構「潛逃」，不知歷經幾番地苦思了，這下像是終於讓他開了竅般，宛如日劇《天才主廚餐廳》（《グランメゾン東京》）中，木村拓哉所詮釋的天才主廚般，每次在經過不斷研發，終於做出「三星」級讚不絕口的美味時，瞬間，那種其實想笑卻又裝酷的得意神情，此時此刻，同樣在父親的臉上展露無遺！

第二十五話　打電話

人生就像紙飛機，載著希望往前飛，在風中盡了力，就只為了往前飛，與其比賽飛得多遠，怎麼地飛，又飛向哪裡，那才是最重要的，那麼，就隨心所欲地飛吧，在365日裡。

——截自〈365天的紙飛機〉歌詞

雅婷父親腦傷前，曾羨慕過別人的手機，可以滑過來滑過去，當初，雅婷就曾把自己淘汰的智慧型手機，先給他練習滑看看，想說，如果得心順手的話，再幫他換一支新的。

不料，sim卡才裝進去一天，父親就卡關了，「吼～有夠歹用」！

向來還算精靈的父親，畢竟年紀也有了，終究還是敵不過日益更新的3C產品，因此，與其讓他從零重新學習滑智慧型手機，不如還是習慣舊有的手機、簡單就好！就這樣，父親的sim卡，又再度回到原先他那陽春手機的軀殼裡，只消鍵上一按就可撥接，還可避免他滑半天動彈不了帶來的肝火。

直到那場意外，最後奪走了雅婷父親曾經有過的精明，也帶走了他使用手機的基本智慧，即使是那支簡單陽春的手機。

後來，當他和外籍看護住進大姊家的那段短暫日子，雅婷每次打他手機時，父親甚至連要按哪個鍵接聽，都變得手忙腳亂了，當然，如果沒有看護阿蒂的幫忙，他自己從手機那頭，恐怕也很難再把電話順利撥出去了。

隨著他入住機構生活後，腦筋更是日益退化，儘管手機月付才九十九元，在機構裡到底也派不上用場了，家人商談的結果，隔年，只好幫他「斷捨離」，決定手機停用的命運。

「我有代誌想要跟妳商量，我想要敲（打）電話給妳，但是又沒妳的號碼，妳把妳的電話寫下來給我，我就可以敲（打）給妳了。」

就在父親已是無機在身的某一天，雅婷去陪他時，突然開口跟她要手機號碼，而且顯然地，他完全忘了，還有家中那支市內的電話。

父親有了號碼後，又將如何打電話呢？雅婷不疑有他，也沒有想太多，很快地，便在紙上留下了自己的手機號碼。

後來，雅婷父親很慎重地將寫著手機號碼的這小張便條紙，放入大姊拿來讓他放指甲剪的拉鍊盒內珍藏著，那看似普通不過的收納夾盒，將外盒拉鍊一拉起後，乍見之下，不論其外觀或大小，與過去父親的陽春手機袋竟有幾分神似，也難怪這個「內建」有雅婷手機號碼的指甲剪收納盒，日後儼然成了父親的手機配備，然後像是回到過去，習慣將手機收納在手機袋內隨身攜帶般，走到哪就拿到哪。

「哇，妳還真的寫下號碼！妳不會騙說沒有手機喔？難道妳不怕老爸有了號碼後，天天扣妳？」大姊雅雲第一時間知道後，很不以為然。

「妳爸跟妳要電話，妳還真的給喔？」也有家屬這麼說。

「不會啦，老爸想打，也得有電話可打啊！再說，都自己的親人，又不是詐騙集團的，在裡面已經夠不自由了，如果，他想打電話，就讓他打吧！」雅婷真心覺得OK。

豈料，自從父親拿到號碼的那天起，當他想打電話時，他就會坐到護理站前，然後跟護理師借市用電話扣她。於是，雅婷的手機裡，那個逐漸被line取代聯繫、早已沈寂許久幾乎聽不到的電話鈴聲音樂，也從那時候開始，時不時像是「死而復生」地流洩出來。

人生は紙飛行機　願い乗せて飛んで行くよ
（人生就像紙飛機　載著希望往前飛）
風の中を力の限り　ただ進むだけ
（在風中盡了力　就只為了往前飛）
その距離を競うより　どう飛んだか　どこを飛んだのか

（與其比賽飛得多遠　怎麼地飛　又飛向哪裡）
それが一番大切なんだ　さあ　心のままに　三六五日
（那才是最重要的　那麼　就隨心所欲地飛吧　在三六五日裡）

飛んで行け！飛んでみよう！
（飛吧！試著往前飛看看吧！）
飛んで行け！飛んでみよう！
（飛吧！試著往前飛看看吧！）

那個來電的鈴聲音樂，雅婷是喜歡的。

當初她換新手機時，剛好迷上日劇的《あさが来た》（阿淺來了），其中AKB48〈365天的紙飛機〉主題曲（副歌）的清新旋律，下意識不自覺常在自己耳畔縈繞，雅婷索性便拿它當來電鈴，然後心裡想著，最好每天都能響一次，那麼一年三六五天裡，天天就能擁有正向的好心情。只要電話一響，除非沒聽到，否則她都會不自覺跟著哼唱，有時候乾脆就讓來電鈴響久一點，她就可以一直唱到「飛んで行け」，然後自己的心情，也彷彿就能跟著「紙飛機」飛嗨了起來！

不過，父親一拿到她的手機號碼後，〈365天的紙飛機〉的來電鈴，從此便經常響個不停，曾經雅婷陪父親散步完，看著他躺下床後，她安心地返回家裡沒多久，父親就又「敲」電話來了！

「喂，爸怎麼了？拄才（剛剛）你不是才進房間睡了嗎？」

「啊就隔壁床的人太吵了，我睏袂去（睡不著），我想說規氣（乾脆）就冏敲（寧可打）電話看麥……。」

有時候，因睡不好的壞心情，他會「敲」電話來跟雅婷抱怨，然後，像小孩子般吵著說要回家。

「阿婷，我不要再待在這裡啦，好吵，害我攏睏袂去（睡不著），妳帶我轉去（回家），我欲要來去轉（我想要回去）……」

「喂，阿婷？妳今天會來嗎？我有代誌要跟妳商量……」

「阿婷，我跟妳說，這裡無法度住啦，有個人很惡質，無代無誌都對我喊得大小聲呢，妳看什麼時候趕快帶我轉去啦！」

「喂，阿婷，啊妳還沒吃飯喔？我跟妳說……」

「阿婷，啊我銀行裡是不是還有支票……」

「阿婷，啊咱們北邊是不是有塊地還沒賣出去？如果有人要來牽土地（土地仲介買賣）……」

雅婷父親的來電，從一開始的有事想聯絡，慢慢地演變成像是某種的「食髓知味」吧？有時候像是越打越有趣般，有時候卻又像是他午覺睡醒後還無厘頭的囈語般，於是，單就窮極無聊的打發時間，敲著電話聽聽雅婷的聲音也好，甚至父親當下浮上的一個念頭，若不立即敲電話給她就怕忘了，更多的時候，就純粹只是他想找個人發發牢騷罷了，當然想家時，無論如何，他更是要握著聽筒，親口交代雅婷，得備好行李箱趕快過來接他回去。

父親來電時，如果正巧遇上他心情不錯，偶而被雅婷吐槽自己敲電話的時間點不對時，還會體恤她，然後說著下次再來電後，連忙便自動掛斷；一旦來電時是在他火冒三丈的情況下，那就是根本不管什麼三七二十一了，這頭的雅婷就得把皮繃緊，想辦法轉移並安撫他。

像這樣，《阿淺來了》敲來的紙飛機，時而乘載著「父親來了」的聲聲無奈，所以，每次雅婷的心情，不見得就能因此跟著嗨飛上天了。而且，雅婷的手機裡，號碼顯示的機構來電，從原先的久久才出現一次，慢慢地累進，不知不覺中，變成慣性的一週數次，甚至有過一天裡「紙飛機」照三餐似地，早中晚就飛來了好幾回，然後，這當中萬一不小心變成了「未接來電」時，那就等著接下來，父親可能連環扣的災難了！

曾經有段期間，父親陷入瘋狂的「敲」電話，每次〈365天的紙飛機〉的來電鈴聲一響起，雅婷就會反射動作地跳了起來，一時之間令她陷入不接不行、要接也不是的兩難！

那還是疫情前，雅婷下班完得以過去陪父親、天天相見的日子，儘管父女倆幾分鐘前才剛面敘，往往她前一腳才踏出機構大門，〈365天的紙飛機〉的音樂，隨即就又沿路飄揚傳過來了。

當然，雅婷再忙，還是儘可能接住父親敲來的電話，不管他有沒有什麼「大條代誌」，因為她知道，父親要的是討拍，當他為著某事義憤填膺時，需要有人跟他一起站在同一陣線上；當他百般聊賴時，自是少不了找個人哈拉一番；一旦他又害思鄉病想家時，脆弱的玻璃心，更需要有人適時給予他撫慰。無論哪種情況，雅婷知道，她都是父親最需要時的第一人選，所以，每次來電顯示機構時，除非漏接，她不會故意不接，只是，父親敲電話若是太過頻繁，就怕給機構造成了困擾。

「吼～我今天本來要敲電話給妳的，她們說什麼電話歹去啦！後來等幾晡（等半天）竟然都修理不好，我就說，這麼大的公司，竟然連一個電話，都無法度修理！」

「吼～妳知道嗎？我從這邊要敲這通電話有多困難？是我千拜託萬拜託，她們才讓我敲電話的！」

「爸，因為你那邊的電話是公務用的，如果你常常講電話，別的阿公阿嬤看到嘛都跑來借電話的話，外面的人就打不進來了。」

「我哪有常常敲電話？我只有今天這一次要借電話，她們就說要等一下！」

果不出其然，機構人員曾經表示過，擔心父親經常的敲電話造成雅婷的困擾，想必也是被他三番兩次的借電話而不勝其擾吧？後來，護理站那邊不再讓父親隨心所欲無限制狂扣，改由適時地控管，或是謊稱電話故障、或是故意用其他藉口，總之延宕父親借電話的念頭，然後藉機轉移他的情緒。

只是，雅婷從未想過，腦筋退化了的父親，在打電話的這部分，他隱性的小聰明，卻還是充分發揮無虞。當他在護理站借不到市內電話時，免不了會臭罵護理人員小氣巴拉之類，很快地，他目標便開始轉移到有手機的住民、或是前來陪伴的家屬、甚至把腦筋動到來陪住照護的外籍移工身上。

「喂，雅婷小姐嗎？妳可不可以打過來？妳爸爸要跟妳說電話……。」對方講得一口怪腔的國語。

「喂，請問是雅婷小姐嗎？妳爸爸要跟妳講電話……。」雅婷隔著話筒，隱隱約約還能聽見，「謝謝」，那頭父親向借他電話的人道謝的聲音。

「不好意思，聽說我爸跟妳借電話了？謝謝啊！如果有造成妳困擾的話，不妨直接騙說沒帶手機，不用借他沒關係喔。」

「妳爸有看到我在滑手機啊，哈哈，騙不了他！」

每次接到不同手機號碼的來電，就怕父親會再跟別人借手機而造成困擾，事後雅婷都還得幫父親「擦屁股」，只要知道誰被父親找上門的，有機會遇到當事者的話，她都會一一解釋緣由並致歉。

「阿婷，妳去幫我買一支手機來，我就能敲電話給妳。」大概受不了連打個電話，都還得要東借西借吧？有一次，父親乾脆直接跟雅婷要手機。

「爸，一支手機每個月就算不打，也需要基本的費用，現在便宜的都還要幾百塊錢，你若是只為了敲電話給我，敢會合（划得來嗎）？而且，在這裡萬一手機弄丟了，嘛是蓋麻煩哩！」

「手機每個月還要付錢喔？是說嘛對啦！我若是有手機，嘛無人會敲電話給我！」

一聽到每個月還要花錢，即便腦袋退化，還是斤斤計較摳得很的父親，很快便打消了念頭。然後拿起寫著雅婷手機的那張便條紙，同時看到指甲盒內的另一張名片，突然若有所思。

「這張是啥人的名片？」

「喔，你跟姊夫討的呀！就阿雲伊尪，你的女婿啊！」那是不久前，姊夫陪同大姊來看他時，他跟姊夫要來的名片。

「吼~對啦，莫怪我看這名字感覺很熟，妳跟他說，我的電話還沒牽（裝）好，所以，我攏無法度敲電話給他喔。」

「好啦，你毋免煩惱，我會跟他說。」雅婷已經練就一番工夫，可以隨時且天衣無縫地跟無厘頭的父親應答了。

直到後來，COVID-19疫情發生了，為了遏止或避免病毒的傳播，人與人間的距離，不論是空間的、或是心靈間的，都跟著被迫改變調整。最明顯地，雅婷和父親之間相見的距離，也為了因應配合防疫，時而變成只能面對面、時而卻又得隔著一片落地窗，於是，原本面對面能夠清楚聽到彼此間聲音的臨場感，似乎也變得越來越飄渺了。

因著疫情帶來這些史無前例的變化，不知不覺中，意外地也改變了父親敲電話的習慣，取而代之地，父親彷彿被「制約」般，對於拿著他口中「公司的電話」，隔著落地窗講電話或透過手機的視訊畫面，像是「對嘴」似的聊天方式，反而變得習以為常了。於是，疫情當下，雅婷手機裡，那個曾經熟悉的音樂鈴聲，突然像是被關了靜音般，有一段時間不再響起。

人通常總是矛盾的，當父親不再敲來電話後，雅婷反倒懷念起那段「紙飛機」忙碌飛來飛去的日子。

然後，也許如同歌詞裡所寫的，「人生就像紙飛機，載著希望往前飛」，在疫情之下，無法出去透透氣的父親，雖然一掃她原本的擔憂，看似處之泰然，可是，到底她還是喜歡父親能載著希望的動力，想告訴她時，就能透過音樂的鈴聲，敲通電話飛到她耳邊。

該死的疫情，把每個人的生活搞得七零八落的，就算活在平行世界裡的父親，因著種種防疫的受限下，不也跟著變得何其無辜？等到哪一天病毒消逝不見時，會不會父親生活的動力，也跟著隨風而去了呢？

但願大家都能早一點脫離疫情的桎梏，讓每個三六五的日子裡，都能隨心所欲地向前飛、往前飛！雅婷心裡默默地祈禱著。

【來個特寫鏡頭吧】

「吼～我今天本來要敲電話給妳的，她們說什麼電話歹去啦！後來等幾晡都修理不好，我就說，這麼大的公司，連一個電話，竟然都無法度修理！」

一見到雅婷，父親就火力全開！尤其說到「這麼大的公司」時，臉上更是寫著「不可思議」四個大字，然後止不住地搖頭，一副非常地不以為然。

第二十六話　又不是要去相親

食老啦，啊無需要去「對看」，歹看就歹看，哪有要緊？

「姐姐，爺爺的牙齒掉了，掉了的牙齒暫時放在護理站這邊，妳看看是否找時間再帶爺爺去看牙醫喔。」

「阿婷，我牙齒落下來了，而且，我的那顆牙齒被拿走啦，吼～她們足歹心，我說要拿我的牙齒，啊她們攏不還我，妳卡緊來帶我去給醫生裝回去啦！」

某個週日近中午，雅婷接獲機構打來的電話，告知父親的牙掉了，隔沒幾分鐘，她的手機又響起了，原來，父親那頭也幾乎同步，跟機構借電話打來「控訴」。

「今天是禮拜（週日），診所攏無開，下午我會過去，免煩惱，明天透早我就帶你去看牙科。」

「阿婷，吼～她們有夠歹心，我說要拿我的牙齒，啊她們攏不還我……」

下午雅婷一腳才剛踏入機構，迎面而來的父親，即刻又開始訴說護理人員的不是，她趕緊讓父親先坐下吃個水果消氣，藉此轉移他注意力，同時，雅婷直接走向另一頭的護理站。護理師再三解釋之所以會代為保管的理由，想說那顆牙也許還裝得回去，擔心父親萬一自己弄丟了。其實不用分說，雅婷能夠體諒護理師的好意，另一方面也能理解，退化後的父親，對於私有物品不在自己保護範圍內的不安，哪怕僅是從他嘴裡掉落的，一顆牙齒。

最後，雅婷從護理站那邊，拿回了被裝入透明夾鏈袋的牙齒，然後趁父親享受水果的當下，神不知鬼不覺地將之放入自己的包包內。

「爸，啊你是有咬到什麼硬的東西嗎？不然，牙齒哪會落下來了？」

「阿哉？啊就吃飯時嘴巴咬著咬著，牙齒就落下來了，吼～她們有夠歹，我要拿我的牙齒，攏不還我……」

「爸，你的牙齒在我這裡啦，免煩惱，她們有敲電話給我，說你牙齒落下來，然後她們就把牙齒拿給我了。今天是禮拜，診所攏無開，明天透早診所開門，我就來帶你去看牙科。」雅婷趁父親怒火再度點燃前，趕緊拿出裝有牙齒的透明夾鏈袋給他看。

「妳說今天是禮拜喔？好，明天要來帶我去看牙科，來去把這顆牙齒裝回去。」雅婷父親這才放心。

「爸，是說你的牙齒，連一支假的攏無，不是全部攏做植牙了嗎？當初你嘴內的植牙總共花的錢，差不多可以買一台車囉！啊植牙的牙齒，嘛會落下來喔？這顆落下來的牙齒，是植牙的嗎？」

「阿哉？植牙的牙齒敢會落下來？啊講起來，我確實攏無假牙齒呢！」

一提起植牙，父親就又露出滿臉的得意！

當年南部植牙技術剛引進時，雅婷父親就砸下了重金，三不五時便開車自行前往市區的牙科，去「種」他的牙了。曾經，人前人後毫不諱言，自稱擁有一口植牙還洋洋得意的他，甚至不時嘲笑母親跟不上時代，只因她後來不但沒植牙，還守舊地裝上了活動的假牙。如今他人在機構裡，看著其他不少爺爺奶奶拿掉活動假牙時，依然不改其得意的本色，動不動便促狹笑人家「哈買兩齒」呢！

經過週日雅婷的過去撫慰，父親暫且相安無事，隔天週一的一早，趕在牙科診所一開始的看診時間，雅婷便去電預約，所幸正巧有預約患者臨時取消，雅婷方才得以順利，帶著父親和他那顆寶貝牙齒前往看診。

「阿伯，真歹勢，你這顆牙無法度再裝回去喔！」

原來，雅婷父親滿嘴的植牙中，那顆掉落被他視為寶物的，是「正港」的真牙，只可惜，再也派不上用場了！據醫師的研判得知，若是要補牙，鄰近的兩顆牙齒，恐怕勢必得須拔除，否則將來會影響咀嚼功能。於是，在尊重醫師的專業下，父親原本掉了的這顆牙旁邊，被鑿了個洞似地，就這樣無端地被拔掉了另一顆牙。

「等幾週過後，如果沒有任何不舒服，再來拔掉另一顆吧。」臨走前，牙醫這麼地交代。

「啊我還能正常咬和吃，誰還要再去拔牙齒？」

原本的牙齒都沒能裝回去了，最後還莫名其妙被拔了一顆牙，哪有可能下次再跑去讓人家再拔一顆？事後雅婷父親既嫌麻煩，更覺得沒道理。

原先醫師的考量，是念及雅婷父親的年事已高，否則一次就會將旁邊的兩顆牙齒全給拔除，然後再約時間過去完成補牙的「工程」。不過，既然雅婷父親完全沒有再回診的意願了，總不能拿著刀架在他脖子上硬逼他過去，沒辦法，最後他嘴內那頭的兩個缺口，就這樣成了「三（父親自己、雅婷和護理人員）不管」的地帶，只要父親不叫疼，也只能暫且放一邊了。

隨著父親的咀嚼看似也無礙，雅婷和他自己漸漸地也淡忘了牙齒的事。

事後大約經過了半年多吧？疫情便開始延燒，當機構正式啟動預約制會客的某一天，雅婷手機的line裡，赫見機構傳來了父親缺牙的照片，這回換成是全口正下方的明顯處，而且還是兩顆並排的牙齒不見了！

這一次，雅婷事先便預約好門診時間，然後來到機構，準備帶父親二度看牙科。

一進機構大門，雅婷早已做好萬全準備等著接下父親的抱怨，沒想到，看著護理人員親手交給雅婷裝有牙齒的夾鏈袋和健保卡的他，顯得相當淡定，完全沒有之前第一次掉牙的激動和不悅，隨後便跟著雅婷手牽手前往去牙科。

「嗯，這看起來有點『進退兩難』，如果要補的話，只能裝上活動假牙，若是要弄活動假牙的話，因旁邊都是植牙，『工程』可能有點浩大！是說缺牙的部分，是位在牙齒整個中間的位置，影響咀嚼的程度較小，但是，缺了牙的門面較不好看，如果你不介意的話，也可以不去動它……。」

因為事出突然，跟上次門診一樣，雅婷沒有特別指定醫師，只要可以馬上看診就好，結果，這次預約的時段，正巧遇上診所的院長親自看診，原來，之前第一次幫父親看診的那位較年輕醫師，是院長的兒子。也許是繼父親上一次看診後就沒下文，加上院長醫師考慮到父親的年紀，所以，對於他口中提及的後續浩大的「工程」，院長採取了較保留的態度。

「哈，我啊無需要再『對看』了，無要緊！這樣就好！我毋免再裝什麼假牙齒了！」雅婷父親隨即笑說。

「真趣味（有趣）！哈，妳們這一輩的聽懂什麼是『對看』嗎？就是『相親』的意思啦！」院長牙醫師這時轉頭，笑問旁邊年輕的助理。

最後，在尊重雅婷父親的意願之下，院長醫師幫他順便洗個牙後，就放他輕鬆回去了。

「老爸，你這樣真的無要緊嗎？你一開嘴就看到前面沒牙齒喔！啊你吃東西或咀嚼時，敢會不爽快或者有困難？」結束牙醫的看診後，剛開始每次的預約會客時間，雅婷帶水果進去看父親時，還是不忘關心一下。

「食老啦，啊無需要去『對看』，歹看就歹看，哪有要緊？（人老了，又不需要去相親，難看就難看，有啥關係）哈哈！」

「我知我知，你蓋無愛裝假牙齒的（你最不想要裝假牙），對吧？」

「我吃東西都無問題啊！何必再裝上那什麼假牙，費氣（麻煩）啦！」

曾幾何時，砸下重金換來的滿口植牙，雅婷父親可沒想到，有一天，還是會遇到牙齒崩壞掉落的命運！不過，「知父莫若女」，雅婷堪稱是父親肚子裡的蛔蟲，對於好面族父親的底線，好歹也摸得一清二楚，與其說是裝上活動假牙嫌麻煩，毋寧說是他不想卸下假牙時，被人發現「此牙非比牙」的真面目，然後形象整個跟著被毀壞吧？

所以囉，雅婷父親寧可「維持現狀」，在他滿嘴的植牙缺齒中，至少還能「以假亂真」充數一番，也不要跟其他爺爺奶奶一樣，當假牙卸下「真面目」被拆穿了，萬一被恥笑「哈買兩齒」，反而更難堪吧？

【來個特寫鏡頭吧】

「食老啦，啊無需要去『對看』，歹看就歹看，哪有要緊？哈哈！」雅婷父親邊說邊露齒而笑，而且是大剌剌地，完全不用手去遮掩，對於年歲早已走進坐八望九的他，縱使「掀起了你的蓋頭來，讓我來看看你的嘴」，根本就是沒在怕的了！

第二十七話　婆媽落水先救誰

當身兼媳婦和女兒身分的，只能在這樣假設的議題上去救一人時，如果可以的話，她應該會更渴望自己的男人，在這個時刻跳出來，及時各救自己的媽吧？

嗶嗶，嗶嗶，嗶嗶嗶……

「姐姐，不好意思時間到了，因為下一組的家屬也在等候了……」

這天雅婷前來探訪父親，預約的時間已到，前組的家屬和住民還依依不捨黏坐在椅子上，於是機構的工作人員只好在旁提醒，沒多久學妹惠雯也進門來了，因距離上次碰面也好幾天了，等著工作人員用酒精消毒桌椅的空檔，兩人又開始敘敘舊。

「那位奶奶和女兒看起來感情好像不錯，有幾次我預約都剛好遇到她們，看她們笑著無話不談的樣子，反觀我們家這組，就常常相望兩發呆啊！」惠雯半尷尬笑著說。

「聽說她是媳婦來看婆婆的！一開始我也都以為她們是母女關係，有一回我和那媳婦聊起來才知道，說是婆婆也沒女兒，一直都把那媳婦當女兒看待，所以感情還不錯。」雅婷忍不住更正說。

「是喔？那還真難得，我也以為她們是母女呢！」惠雯這才恍然大悟。

「在這裡看到的家屬，好像大部分都是來探望自己的父母親，不過，以前沒有疫情還可以自由出入時，我常遇到一對年紀也不算輕的夫婦，過來探望年歲高齡的媽媽，其中，那位媳婦看得出是性情中人，也是天天前來報到，對她婆婆非常用心呢！

「不是常有人開玩笑說，『如果太太和媽媽同時落水時會先救誰』的問題嗎？要是換作『婆婆和媽媽同時落水會先救誰』的話，妳覺得呢？是說我沒結婚，不過，我大概會先救我媽吧？好比若是婆媽同時都需要長照的話，我應該也會考慮以自己的媽媽優先吧？」雅婷笑著說。

「姐姐，消毒好了喔！」

聽到工作人員的這一提醒，雅婷和惠雯的父親，也早已被安排端坐在一旁等候了，她倆趕緊停下話題各就各位，旋即各自拿出準備好的水果，給自己的父親吃。

「妳剛剛在笑什麼？笑得那樣歡喜？」雅婷父親好奇問。

「沒啦！啊就跟我以前大學的學姊聊天，你還記得她嗎？」

「我最近一直在想說，妳什麼時候要載我轉去？在這裡好是好，但是親像被人家關著一樣，卡沒自由！啊妳媽媽嘛攏無過來看我……」父親連學姊一眼也沒瞧，繼續自顧自地聊著要回家的事。

「老媽現在都要拄著拐杖走路，平常也很少出門了，所以，她現在都無法度過來這裡，而且，她前一陣子很『花』，一下子說大姊阿雲要把房子賣掉，一下子又說阿雲要分財產，只要看到她就大聲罵，我本來要帶老媽去看醫生，她都說不要，後來我去幫她拿藥時順便問了醫生，醫生說老媽有可能是失智的前兆，有幫她調過藥了，不過藥效至少要兩三個禮拜才會出來……」

雅婷母親，的確好長一段時日沒過來探望父親了，一開始純粹只是擔心，萬一過來看他，父親就會跟著吵說要回家。後來，母親的身體狀況也漸走下坡，除了行動大不如從前，另外早在父親出車禍前，母親也就開始服用帕金森氏症的藥，如今又多了妄想的症狀，尤其幾個月前突如其來地，對大姊雅雲莫名其妙地充滿敵意，記得父親二度住院開刀後，大姊也被父親反咬過莫須有的污名，如今又遇到母親妄念之下的無的放矢，這下大姊更有正當的理由，放著娘家的事不管了。

為此雅婷曾經思考過，是否再重新申請一位外籍看護陪母親？至少讓她白天可以安心上班，只不過幾經試探之下，母親對於外籍看護的成見及排斥依舊，看來短時間還是無法獲得解套。

「好巧啊！我老媽最近跟妳媽的狀況也很類似，不過妳媽至少還認得妳，我卻成了我媽辱罵的對象，前陣子她一看到我就罵，而且不讓我帶她去就醫呢！後來在我好說歹說之下，我妹那陣子總算較常撥空回來看她，不過頂多住一晚就匆匆返回，說是婆婆需要照顧。有時我媽情緒較穩定時，也同理會幫腔說，她是『有家庭』的人！說得好像我這種離婚的人，跟妳這個單身的一樣，就像是『沒家庭』似地，結果，照顧父母的責任，理所當然便落在我們身上了。

「身為兒女，照顧自己的父母，本來就是天經地義也責無旁貸的事，不過，難道嫁出去的女兒，就該公婆至上、把親生的爹娘擺一邊嗎？上回我媽大發飆時，還是我有『求』於我妹，她才一副排除萬難回娘家幫忙似的。

「有時想想，我算還對時機離了婚吧？否則，現在要是我還身為人婦，我媽豈不是沒人照應了？所以，妳剛剛說的假設性問題，『婆媽落水先救誰』？如果是我，我想我也會先救我媽吧！

「哈，或許是我本來就跟婆婆感情不好的關係吧？妳知道嗎？當年我要嫁過去時，人家結婚不是都會挑什麼『黃道吉日』的嗎？沒想到我婆婆那邊，最後居然故意挑個不宜嫁娶的『大凶』日呢！

「早在一開始我和學長還在交往時，其實婆婆好像就不太中意我了，記得有幾次去他家作客時，她幾乎都會下戰帖，要我前進廚房看我出糗，然後藉機對我挑東揀四地，嫌我一點也不會的廚藝！可她沒想到，最後，我根本完全無畏懼她的『找碴』，他兒子也義無反顧地選擇『高攀』我這位有錢人家的千金，於是，聽說我婆婆她才故意挑個最爛的日子，為的就是想來個先發制人，好個俗話說的『壓落底』。當初我都還沒正式進門，就被擺了這一道，很扯吧？

「事實上，一開始我爸媽也不太贊成這樁婚事，一個叨念我該選個門當戶對的嫁，一個則基於基督徒的期盼，要我起碼找個基督徒家庭，最後，我爸媽完全是看上學長個人條件，好不容易才點頭答應的。也還好他倆沒在意什麼『看日子說』，否則，要早料到我婆婆當初的『居心』，搞不好這門親事就吹了！

「所以，剛剛看到那位媳婦，還能跟她婆婆像母女般感情那麼好，我真的覺得很不可思議。」學姊惠雯突然繼續了稍早前的話題。

「我想婆媽落水的假設性問題，雖然妳我的想法，剛好不約而同都想先救自己的媽媽，不過，如同『太太和媽媽落水』的問題一樣，假如硬要丈夫去選擇先救誰的話，就現實層面來說，絕大多數的人，大概都會是一種選擇障礙吧？話說回來，倘若端看交情，去考慮選擇先救誰，似乎也是說得過去吧？誰跟誰感情較好，自然就會想先救哪一位吧？」

「之前我曾看過《許我一個夠好的陪伴》[1]這本書，作者來自台灣、卻是嫁作德國的媳婦，就像她自己所說的，原本她和德國的婆婆也處不好，不過在婆婆臨終前的幾個月，她居然選擇主動留下，陪伴照顧婆婆，即使在西方她婆婆的眼中，根本無需她媳婦這番的擅自作為，然而，直到作者看到癌末的婆婆，不是孤獨離世而得以善終時，她欣慰看到婆婆沒有絲毫的遺憾，更重要的是，作者也在這段臨終的陪伴過程中，獲得了婆媳關係中的另一種療癒。

「我沒結過婚，也就無法從中去揣測或感受婆媳間那種微妙的關係，不過，當身兼媳婦和女兒身分的，只能在這樣假設的議題上去救一人時，如果可以的話，她應該會更渴望自己的男人，在這個時刻跳出來，及時各救自己的媽吧？」

雅婷和學姊這頭高談闊論著有點敏感的話題，還好，兩位年邁父親不是重聽沒聽見，就都當是耳邊風，完全不受影響地吃著水果。

「我最近一直在想說，妳什麼時候要載我轉去？啊妳媽媽嘛攏無過來看我……」突然父親的一句話，很快地，就又把雅婷拉回陪伴他的當下。

「爸，老媽現在狀況不蓋好，啊看到大姊阿雲就罵，現在還在調藥，醫生說她可能是失智的『前兆』……。」

---

[1] 《許我一個夠好的陪伴》，作者吳品瑜，時報文化出版公司。

「是喔？啊我不就無法度轉去？」父親表情略帶失望。

「……」

「爸，我今天又帶洗好乾淨的毛巾過來了，等你水果吃完，毛巾和這袋吃的東西，你先拿進房內放好，然後記得把裡面你用過的毛巾拿出來，讓我帶回家洗喔！」雅婷只好試著轉移話題。

「好，……，啊妳說要拿什麼？」

「吊掛在你床旁邊桌子的洗臉用毛巾。」

自從防疫期間限制自由訪客至今，雅婷和其他所有家屬一樣，因受限只能在會客室和住民會面，還無法如往昔般自由進出房間，否則，以前都是雅婷自行幫父親換取，如今，也只能讓父親自己回房內拿取要換洗的毛巾。

「咦？爺爺呢？」父親走進房內半晌未出來，眼見會客時間快結束了，工作人員前來關切。

「喔，我叫我爸去房內把要換洗的毛巾拿出來給我，他該不會又忘了要拿什麼吧？否則，怎會進去這麼久還沒出來？」雅婷想起父親有可能連這樣的短期記憶都忘了，早知道事先該寫個備忘字條，以便提醒父親，雅婷心裡想。

「姐姐，要不要我幫妳進去看看？」

說時遲那時快，工作人員才說要幫忙去看看，就看到父親從房間那頭蹣跚地朝她走過來，一手提著剛剛雅婷給他的小紙袋外，另一手還提著一只旅行包包。

「爸，啊你哪會提著這旅行袋？」

雅婷看著小紙袋內確實放入了欲洗的毛巾，可她納悶著父親另一手提的旅行袋，莫非，他又一時想起，準備提行囊要回家了？

「啊妳把這拿回去洗洗，就不用再拿回來了，我都沒在用啊。」父親說著，邊從旅行袋內掏出了睡褲啦、短袖polo衫啦之類的衣物。

「爸，你這都是穿過髒了、要洗的嗎？」

「嘿啦，通通要洗的啦，妳拿回去！」

那些衣物該不會是父親穿過，索性直接就丟入旅行袋的吧？或是還乾淨尚未穿的？雅婷從父親手裡接住一件件衣物，忍不住順便聞了一下，實在搞不清這些衣物到底乾淨與否，若想進一步跟父親確認，恐怕問了也是白問。

「好，我都拿回家洗，爸，時間也到囉，掰掰，我會再過來看你喔！」

自從父親腦筋開始糊塗後，很多事雅婷不會認真去追根究底，更多的狀況，只要不是太過離譜，而且往往從父親這邊的思維發出去的詞語或訊息，她就會有如接龍般自然跟著他接續下去。於是，雅婷一邊跟父親說「好」，一邊順著他的意思「照單全收」，還好沒幾件，哪怕還是乾淨的衣物，頂多帶回再洗一遍倒也無妨。

同時間，學姊惠雯也剛好結束了和父親的會客，便與她一道走出機構。

「妳爸剛剛提著行李袋出來時，嚇我一跳！我以為他要叫妳帶他回家了呢！」學姊說著說著又停了下來。

「幾年前我自己曾大病一場，剛返回學校上課沒多久，就又遇上我爸出車禍，結果他後續的狀況，導致提前步入了長照的階段，那時候一開始，每次我學校機構兩邊的奔波無法顧及時，坦白說，我曾想過，是不是該再請個侍親假，留職停薪好照顧他？後來幾經波折之下，好不容易看著他在機構裡許多方面都恢復得不錯，然後遇上我爸唸著說要回家時，我也就起了動念，是否該把老爸接回家住了？沒想到，這陣子卻換成我媽頻出狀況，加上我姊擺明要照顧她婆婆了，倘若在這個節骨眼讓老爸回家，我媽又拒外籍看護於門外，說實在的，我一個人真的無法cover！所以，只要一聽到我老爸說要回家，都讓我相當揪心！還有，每次幫我爸回診拿藥時，醫生也都會關心問說，我們到現在還是沒辦法把他帶回家嗎？坦白說，壓力超大的！好幾次我都好想跟醫生說『別再問了』，唉！」雅婷忍不住跟學姊吐苦水。

「醫生說的話妳就別在意了，不過，還好妳當初沒請侍親假，畢竟請假也只是短暫，何況我們父母的狀況都算是才剛開始，父母未來的長照，終究還有一段路要走，不是嗎？有時我還蠻羨慕妳的，至少妳不用擔心工作，而且老來還有本啊！眼前父母的餘年，還有我們的陪伴和照顧，但是，妳我都沒有子女孑然一身的，將來只能靠自己的老本撐！我目前直銷的工作都還沒進入狀況呢，實在不敢去想像未來會是如何？想當初要是我沒辭去教職、跑去美國跟學長結婚的話……，哈！」

「對了，學姊，妳之前不是說身體怪怪的，妳去看過醫生沒？」

「喔，我打聽到一位不錯的醫師，總算上週撥空去做檢查了，這週要看報告。」

「要不要我陪妳去看報告？」

「哎呀，不用啦！看個報告還需要人陪喔？哈哈，妳自己不也是挺忙的，而且妳本身也還需要常回診，不是嗎？我們都要好好照顧身體，有健康的本錢，才能陪伴我們的老爸老媽，妳自己也要保重喔，趕快回家休息吧！掰掰！」學姊不慌不忙戴起安全帽，隨後立即發動機車引擎。

「嗯，學姊妳也要保重喔！掰掰！」

【來個特寫鏡頭吧】

「爸，我今天又帶洗好乾淨的毛巾過來，等你水果吃完，毛巾和這袋吃的東西，你先拿進房內放好，然後記得把裡面吊掛的毛巾拿出來，讓我帶回家洗喔！」

「好，……，啊妳說要拿什麼？」

原先父親一臉落寞的表情，瞬間切換成滿臉的納悶，雅婷彷彿看到父親頭上的大問號，伴隨著歪著頭、努力卻摸不著思緒的可愛神情！

第二十八話　自成一流的混搭

「姐姐，阿公這次一百分喔，妳看，配備相當齊全！」

「哇～帥哥又要出去啦？」

「爸，啊你今天哪會無去唱卡拉OK？」

「無啊……」

「吼～我攏不知影你會唱卡拉OK？而且聽說你日文歌唱得削削叫（嚇嚇叫）喔？」雅婷故意虧父親。

「啊妳哪會知？」父親靦腆中帶點得意的笑容。

「她們跟我說的啊！啊這裡還有人會唱日文歌嗎？」

「哪有誰捌（懂）日文？就只有我一個人捌（懂）啊！」

雅婷曾聽說過，這裡有位日本名字的奶奶，但，她喜歡看父親往自己臉上貼金的開心模樣。

因為疫情的關係，機構的防疫策略，也就跟著中央防疫指揮中心的指示，隨時做滾動式地調整，一下子開放僅能預約式的探訪，一下子就又全面禁止會客只能視訊。

有一段時間，即使是可以預約會客的探視，雅婷和父親也都像是「沾醬油」式地，只能短暫見面個幾分鐘，無法像以前每天自由地進出，更別提深入掌握或瞭解父親的即時狀況了。還好，機構會藉由line的傳遞，個別上傳父親的照片或影片，好讓雅婷略知父親的近況。

在機構上傳的照片當中，爺爺奶奶喝茶的寫真，幾乎成了機構必po的日常照片，只要看到父親喝茶時露出笑靨，她就能想像那天父親的好心情，不過，有時候也許是照片的角度問題，或是出現父親不笑的鏡頭時，看在雅婷的眼裡，不知為何，總覺得父親格外形單影隻，就會讓她更加不捨。

像這樣，扣掉一週一兩次預約和父親的相見歡或互動，平常雅婷僅能藉由手機line裡傳來他的表情寫真，去揣測父親這些日子的心情動態。

某一天，當她的手機裡，居然傳來父親高歌的影片，一時之間，她還以為是夢境呢！打從父親過起團體的寄宿生活至今，向來都不屑於參與機構內的各項活動，當她看見影片中的父親，手邊扶著輪椅、腳還不忘打節拍高歌時，叫雅婷既振奮又不可思議！

在兒時的記憶裡，雅婷依稀聽過母親背著她邊做家事、邊小聲哼唱著〈雨夜花〉，可她從小到大，從來就不曾聽過父親開過金嗓，因此，若不是親眼看到那段影片，恐怕打死雅婷也不敢相信，「吼～閣會唱歌咧」，甚至連母親也被逗笑了。

雖然外面的世界，正遭遇史上未有詭異多端的疫情，不過，所謂天底下沒有不可能發生的事情，當父親日漸踏上返老還童之途，如今在機構這裡的世界，似乎也讓他逐漸忘卻了，身為大人曾有的彆扭與矜持，他之所以能忘情高歌，也許只是單純地像孩童般，就是跟大家眾樂樂罷了；當然，疫情的衝擊之下，讓原本單調的團體生活，相對更凸顯日子的百無聊賴吧？於是，藉由清嗓子唱一段，說是在無聊的生活中找到的一種慰藉，也不無可能吧。無論如何，父親能放下身段、這麼無所顧忌地一唱，看他自我陶醉開心的模樣，想必長期以來被桎梏的心靈，從中或多或少，也能獲得某程度的釋放吧？管他唱的是日文演歌或閩南曲調，讓不在現場的雅婷，同樣地也被療癒了。

這段無法天天相見的日子，所幸，雅婷從line照片上看到的父親，多半是喜悅的。不過眼尖的她，還是注意到了！在這些諸多上傳的line照片裡，說巧不巧地，每張父親的生活照裡，幾乎千篇一律都穿著同樣的衣服，父親的衣褲到底有沒有確實換洗啊？不禁讓雅婷納悶起來。

不久後，隨著疫情的趨緩，傳來了好消息！國內各項的防疫措施開始漸次滾動式解禁，有一天，機構裡除了原有的預約式會客探訪，也嘗試開放美髮義剪、和其他志工入內的活動，另外更重要的是，包括父親在內的住民們，終於又得以在家人的陪同下，獲得短暫外出的「放風」了。

殊不知，那竟是在「部桃事件」發生前的極短暫日子。

無論如何，距離之前每天自由地帶父親出來漫走，不知過了多少的時日了？雅婷感覺就像是經過半世紀般地久遠，因此，一得知父親又能「重獲自由」，她比完全狀況外的父親更加興奮，迫不及待便想帶他出來透透氣。

「爸，你先吃水果，然後等你吃完晚餐，咱再出去散步走走，好嘸？」

「敢會凍（可以）出去啊嗎？」疫情下的父親完全被制約了，竟有點遲疑。

「會凍啦（可以了），咱台灣現在肺炎卡無那麼嚴重，等你吃完晚餐，咱再一起去散步，好不好？」

隨後，雅婷再三叮嚀父親加件外套，結果父親僅穿著涼鞋，嫌麻煩地外套一件也沒加，急著便想要出去。

大概太久沒出來外頭的世界了，疫情下外出解封的第一次，父親的身子居然越走越傾斜，還好，雅婷將父親的手緊緊抓牢，不至於讓他踉蹌跌倒了。而且，長期被迫待在機構裡頭的結果，父親宛如嬌弱的溫室花朵，才剛踏出機構大門沒多久，就縮起身子來，那天時值初冬，南部的天氣微涼、但還談不上冷，雅婷頂多也只加件薄薄的長袖罷了。

「我好像很久沒出來走了吼？」

「嘿呀，自從開始流行『肺炎』，就攏無出來散步了！你看，這之前還在起（蓋）的大樓，攏起（蓋）好了。爸，啊你會冷嘸？」

「不會啦！」

父親嘴巴說不冷，兩手卻死命地將背心夾克的拉鍊直往上拉到底。雅婷趕緊從自己的包包裡拿起備用的外套，可惜終究太小了，無法套穿在父親的身上，最後她只好將就，把外套當圍巾般地圈繞在父親的頸部，至少讓他脖子以上暖和些。

「爸，你的手要不要插進你的口袋內？如果太冷，咱們就先回去，下次出來時再穿卡厚的？」雅婷擔心父親一下子無法適應外面的氣候。

「不會啦！好久沒出來，吼～出來真好！」想是脖子圈著外套有了取暖的作用？要不就是走了一段路，父親終於適應了外頭的溫度吧。

趁著天氣尚未真正轉冷，也擔心疫情有可能說變就變，因此，接下來幾次的探訪父親，雅婷都盡可能把握機會，帶他出來走走。

「爸，等一下吃飽，要不要再出去走走？」

「我看免啦，天攏暗（天色暗）啦，吃飽就愛睏囉！」

不料，後來幾次的邀約，父親竟意興闌珊了，難道，防疫下父親長期無法外出的結果，反而被制約了？好長的這段被「封鎖」期間，機構裡面包括父親的住民，無法外出的情況下，似乎練就吃飽就睡的習慣，於是原本熱衷外出散步的父親，出不出門，反倒無所謂了。

「我看妳還是順著妳爸的意思吧，如果他不想出去，就別勉強了，免得萬一哪天又被禁止外出，妳爸想出去卻又無法外出時的期待落空……。」旁邊較熟悉雅婷及父親的家屬見狀好心建議，因為過去該位家屬曾親身目睹，雅婷的父親亟欲出去不得、望穿秋水的模樣。

「爸，毋要緊，你考慮看看，等你吃飽飯，若有想要出去，你就記得進房間換鞋子喔！」

疫情前，一直以來，飯後父親外出散步前的打理，都是雅婷跟前跟後到房間，在旁半提醒準備的。如今，父親太久沒出門了，加上現階段防疫的緣故，即使身為家屬的雅婷，根本無法協同進到房間，只能藉由口頭的提示。

每當一想起最近幾次會面，雅婷要求父親入房拿取換洗毛巾時，他總是掉東忘西，而且，每次父親一進去房間幾乎都是半晌，結果從房間出來時，通常也都令雅婷啼笑皆非，她猜想，父親自己一進到房內，八成腦筋便空空，完全忘記進房內要做什麼、或該拿什麼出來了？

曾經，父親出來時，莫名其妙地掏出好幾件不知乾淨與否的內外衣給她，有幾次甚至更誇張，他還自拿來了好幾把未拆封的刮鬍刀，硬是要雅婷拿回家用，讓沒鬍子可刮的她，臉上都會笑出好幾條線來。

後來幾次的經驗下來，只要帶父親外出前，雅婷都習慣會附上一張如下的備忘紙條，好提醒瞬間便秒忘的父親，獨自走進房內得以依照紙條上列舉的事項，自己「按圖索驥」逐項打點。

1.帽子
2.外套
3.穿襪子
4.換穿外出鞋子
5.太陽眼鏡

「姐姐，要不要我跟著進去房間看看？」有時候工作人員會貼心說。

「沒關係，謝謝。其實，我也想趁機讓我老爸腦筋動一動，看他是否可以自己完成，不用每次都麻煩別人，也可降低他的挫折感。」

「姐姐，阿公這次一百分喔，妳看，配備相當齊全！」

「哇~帥哥又要出去啦？」

有了紙條的提醒下，果然，父親大抵都能自我打理外出的行頭，雅婷就等著戴著太陽眼鏡的「烏狗兄」，如同巨星般地出場，然後在其他好幾位住民欽羨的目送下，父親總是誇張地外八字、大搖大擺地走到會客廳，接著雅婷會幫父親戴上口罩，然後兩人便手牽手愉快地出門去。

可惜好景不常，沒多久，「霸王寒流」就直接攻略進逼，整個台灣頓時成了「凍蕃薯」，連南部也遇上罕見的酷寒，於是，陪父親外出的漫走，又被迫喊卡暫停了。

即使短暫外出的漫走不成，預約式的會面，雅婷還是不想錯過，她裹著厚外套，依約來到機構，只是，寒冬下的父親，居然和先前line裡的穿著幾乎如出一徹，整個身形單薄到不行。

「爸，你哪會穿這麼少？你都不冷嗎？」

「不會啊，哪會冷？」

「爸，你的手我摸看麥……」

雅婷觸摸到父親的那雙手，分明是冰冷的。難道，父親退化到不知冷熱了嗎？

「爸，你的手冷吱吱（冷冰冰）呢，你要再加件外套穿啊！你不是有這件厚外套……」

還好，每次雅婷拿衣物過來機構前都會先拍照存檔，雅婷於是邊說，邊從手機裡找出照片秀給父親看。

「喔？對吼～我有這件外套呢！」

「姐姐，我現去幫阿公拿。」旁邊工作人員一聽到，立刻很貼心地前往父親房間拿來了厚外套，然後幫他穿上。

「爸，這幾天都有寒流，你要記得加穿外套，你還有圍巾和帽子喔，腳上也可以套雙襪子，才不會被冷到喔。」

「我還有圍巾？啊我有帽子嗎？」父親一下子像是陷入認真地思考，一下子又滿臉地狐疑。

「爸，你的圍巾或帽子找看麥，如果你閒閒無代誌，嘛可以把簞笥（衣櫥）內的衫褲整理整理，順便運動一下啦！」

此話一說出口，雅婷就自覺多餘了，她怎能去期待已退化的父親，還一一將衣櫥內的衣物拿出來打理呢？

「吼～是要按怎整理？你知道我的簞笥（衣櫥）離我的眠床有多遠？」

雅婷差點忘了，父親以前可是個百分百的大男人啊！就算他腦筋靈光時，也未必會去整理衣物，何況現階段的他，又多了懶得動腦的藉口了！她只好摸摸鼻子，繼續滑著手機裡的照片，試著再提醒父親尚有其他的保暖配件。

「喔，那頂帽子，好啦好啦。」父親明顯不耐煩了。

望著父親那張不耐煩的臉，隨後，雅婷的眼神自然移向他的上半身時，這才發現，天哪～父親什麼時候又套上不知哪位爺爺的上衣了。

疫情發生前，雅婷經常幫忙整理父親衣櫥內衣物時，偶而就發現過混雜了其他爺爺的衣物，那些明明繡著的是別人的名字，不過，後來雅婷可以理解及體諒，因為那可能是來自不識國字的外籍看護歸位時，所造成的失誤。然而在父親逐漸「掉漆」的認知裡，舉凡被放在他個人衣櫥內的衣物，便是自己所屬的，況且在他的「印象」中，都堅稱有這麼一件衣服了，若硬是要和他辯解，恐怕只會徒增其血壓的爆升，依雅婷的經驗，遇上這種情況，唯有假裝若無其事，然後再偷偷提醒交代台籍的工作人員，待父親不在房內時再拿出來，依著上面所繡的名字，然後，「物歸原主」放回真正所屬爺爺的衣櫥內就好，反正事後父親也總是記不得了，一切就像神不知鬼不覺地，什麼事也沒發生過。

所以，這次雖然發現父親又穿錯別人的衣服了，雅婷並不會當場糾正、或要他立即脫下更換，在他面前依然面不改色、也全然地「按兵不動」，然後趁他不注意時，偷偷地再跟台籍的工作人員示意。

由於擔心跟父親交代的事他隨即就忘了，另外也因經過了一季，許久沒派上用場的圍巾和帽子，搞不好早被他塞進混亂衣櫥的某個角落了，因此，那天雅婷離開前，還是再三提醒工作人員，有空時協助父親，幫忙找出他的圍巾和帽子以便備用。

那天之後，沒想到整個南部接連冷了又凍，當雅婷再次依約前往探視父親時，旁邊的爺爺奶奶各個不約而同地，每個人全身都裹地像顆球，孰料，自己的父親，依舊還是那個老樣子，單薄的身影，光是看了就讓人起冷顫。這一季幾次下來，父親的身上，幾乎千篇一律地，有時候好幾件短polo衫將就疊著穿，有時候則換成內衣外穿，然後往往在外面那一層，頂多就只套件春秋的薄夾克而已，就是不見厚外套、或任何圍巾手套等保暖的配件。

「爸，外面好冷哩，你穿這樣太少了，你知道你裡面穿的都是短袖吼？」

「阿哉（哪知）？是短的嗎？」被雅婷這一問，父親才伸手進去一摸確認。

「爸，你不是有好多件長袖的polo衫嗎？還有毛料的外衣或背心，不是嗎？現在的天氣要穿長袖才不會冷啊，而且，你不是有件黑色的厚外套？」她忍不住又滑著手機，找出那些長袖衫和外衣的照片給父親看。

「吼～我這裡蓋多衫褲哩，妳拿一些回家！」

「嘿呀，我知道你蓋多衫褲，但是你每次都穿那幾件，人家還以為你攏無衫穿哩！你要把那些衫褲拿出來穿，現在天冷，剛好穿得上啊！」

「太多衫褲了啦，我還得伸手進去簞笥（衣櫥）找，吼～費氣（麻煩）啦！」

「嘿呀，阿伯，你就每天拿出來變裝，穿厚『帕』（拉風）一下咩！」旁邊的家屬聽到也故意跟著起鬨。

「是按怎需要變裝？啊這裡也沒查某湯『帕』（沒女人可把）啊！」沒想到父親的這番話，引來了哄堂大笑。

「老爸，啊你不是有帽子和圍巾？而且，你嘛攏無頭毛（頭髮），戴個帽子或圍巾，卡袂冷啦！」雅婷看到其他爺爺奶奶各個都全副寒冬裝扮了，忍不住又勸說。

「哎唷，費氣（麻煩）啦！」

「不然，腳穿一下襪子，嘛會加減卡燒（也會多少較暖）喔！」雅婷努力勸服父親如何穿暖些。

「又不是要出去？啊穿襪子，是要出去才穿給妳看的啊！」

動不動嫌麻煩、又頑固如石的父親，總有千百個理由，就是一味拒絕多穿或加件保暖衣物，雅婷此時放眼望去，裡頭大部分的住民紛紛都穿起了羽絨衣，從以前至今，羽絨衣，一直就不是父親衣櫥裡看得到的選項，但在這樣的生活圈裡，眾人都有羽絨衣，唯獨父親一人沒有的情況下，若套上他自己的那件厚外套的話，是不是會顯得格格不入？一想起過去，父親曾經看著其他爺奶吃魚肉鬆、自己也討著吃，該不會又是那種「輸人不輸陣」、「別人有我也要」的心態，父親這回才遲遲不想穿上他的普通厚外套嗎？為何在如此嚴峻的寒冬下，父親依舊不肯套上厚外套？此時此刻，父親腦子裡的思維究竟如何，雅婷百思不得其解。為了父親願意穿上暖和的外套，加上雅婷自我的這番解讀後，於是，她特地又跑去買來了輕薄的羽絨衣。

「吼～這卡輕喔！」

看著父親觸摸羽絨衣的當下，應該是「賓果」了吧？雅婷大大地鬆了一口氣。

後來，父親三番兩次被雅婷問及圍巾、帽子和手套等配件時，都聲稱找不到，搞不好，真的又被父親弄丟了？加上幾次請工作人員確認未果的情況下，不管了，雅婷趕緊再將這些禦寒的行頭一一補上。

只可惜，到底雅婷還是摸不著邊際，永遠搞不清父親的思緒究竟如何，那件輕量級的羽絨衣，父親只有在她買來的當下，就那麼微乎其微地幾分鐘，興高采烈地套上秀了一下，之後的幾天裡，任憑外面天氣的冷颼颼，父親禿了的頭上，總算是多了個帽子，除此之外，父親依舊回到不久前千篇一律的亂搭一通，至於那件羽絨新衣呢？在父親腦裡，壓根就像是沒存在過，然後跟著其他自己穿過未洗的、洗過未穿的雜七雜八衣物，不知又胡亂地被塞放在衣櫥內的哪個角落去了。

像這樣，父親持續一陣子的亂搭一通，不但連個最基本的保暖都稱不上，再說，他那自成一流的怪搭，如果正好跟風上「萬秀洗衣店」那對爆紅的阿公阿嬤舊衣新穿的概念，倒也見怪不怪「潮」得過去，偏偏他的穿衣思維，常常令人哭笑不得，何況在那樣的酷寒裡，他這樣胡亂的混搭結果，通常都只能換來兩串的鼻水，著實讓雅婷一個頭兩個大！

所幸，「凍蕃薯」的天氣終於過去了，父親那樣的混搭，總算勉強平安地挺過霸王級的寒流。不過，父親自成一流的穿衣派風，每天仍然持續上演著。

曾幾何時，動不動就自詡，全台唯有他和大明星秦漢，才配擁有那件藍色潮衫的父親，要是看到幾十年後自己的這番打扮和堅持時，不知是否也會捧腹大笑？恐怕連他自己，都會猛搖頭百思不解吧？

雅婷以前有位同事的母親，聽說失智前極端厭惡紅色，所以衣櫥內絕對找不到任何一點紅，沒想到失智後，整個品味的大逆轉，變成了非紅就不穿！大概也是因為失智的關係吧？才讓父親昔日引以為傲的美感，如今也跟著走味了？常聽人家說的，人老了退化，乃至失智了，很多都會變成另一個人似地，其中最明顯的習慣或品味也會隨之改變，特別是有關個人的衛生習慣，往往今非昔比。

「爸，你有沒有聞到身上臭臭的？你要不要換上這件紅色的夾克穿？我洗乾淨帶過來的，你身上這件白色的，要不要脫下讓我帶回家洗？」

「有嗎？嗯嗯，好像真的有聞到味道咧，很臭嗎？」

「吼~臭死咧！不知道的人，以為你攏無洗身軀哩！」看到父親心情還不錯，雅婷便誇張地捏起鼻子半揶揄起來。

如今父親自成一流的混搭模式，一時之間，怕是想改也改不了，而且，大概還會再持續一段時日吧？只要不造成身體的不適，或是，遇上冷熱別過度顛倒穿，雅婷也只能選擇睜一隻眼閉一隻眼。只不過，對於套在他身上的衣服，尤其是外衣的部分，如果沒有提醒的話，父親可能一件可以穿上好幾把月、甚至穿上一季都不嫌膩，雅婷就很難置之不理了。

以前父親在家時，常會因吊掛在衣架上穿沒幾次還想再穿的衣服，被母親沒吭聲逕自拿去清洗而起爭執，現今在機構這裡，每次洗完澡更換的衣褲，通常都會被外籍看護直接集中送去清洗，不過雅婷相信，幾次發現父親連續數日都是同樣的穿著，應該不是看護的職責怠忽忘了送洗，十之八九，絕對是父親自己堅持不用洗所致吧？

疫情發生前，曾經就有過好幾次，雅婷好不容易協助父親衣櫥內整理過的衣物，沒幾天的光景之後，就又宛如招竊般地亂七八糟，其中時而就夾雜著他穿過汗臭味的髒衣，她都會忍不住趁父親不注意時，一件件拿出來嗅聞看看，一旦感覺像是穿過的髒衣時，再偷偷拿去機構內衣服送洗的集中之處。

後來，雅婷想到「一物換一物」的方式，如同她將洗淨的洗臉用毛巾隨時帶來換洗般，父親早已習慣了，所以，比照此模式，每次要父親換下身上的髒衣前，她就會試著帶上已洗淨的另一件外衣和他更換。果真，屢試不爽，幾次下來，父親也沒有情緒地，樂意換掉身上的外衣，讓她順利帶回清洗。

另外，防疫期間，機構裡頭的房間，家屬早已進不得了，雅婷也透過工作人員交代負責的「躺跤」阿菲，請她有空時協助整理父親的衣櫥。不過，聽說幾次阿菲好不容易整理好的衣櫥，一下子就又被父親給弄亂了！

等到哪天疫情真正解除了，雅婷等家屬得以自由進出住民房間的那一天時，父親房內的衣櫥，會變成什麼樣的景觀呢？她實在無法想像。

雅婷不禁聯想到日本電影《去看小洋蔥媽媽》的情節，其中的失智媽媽，也曾經把髒的內衣褲塞滿了櫥內整個抽屜。原來，不分國籍，無論性別，失智的「症頭」，還真是大同小異啊！

總算冬去春來，好不容易春暖花開，雅婷照例寫好備忘紙條，準備依約再帶父親出來走走透氣時，沒想到猝不及防地，北部突然爆發了「部桃事件」！因著突然緊繃的疫情，全台的防疫策略，又被迫滾動式回到最保守的原點，不僅與父親的漫走機會又沒了，甚至連預約式的會面探視，也暫時喊卡，只剩下預約式的line視訊、或隔窗講手機聊天了。

看似趨緩下來的疫情，說變就變，何時能夠解封，沒有人可以說得準。「部桃事件」的發生，又是一個料想不到的意外，像這樣，因應著防疫，雅婷她們與親人直接面對面說哈囉傳情的機會，隨時可能說不給就不給的！

這一年的疫情，一路走來，身為家屬的雅婷他們，從一開始的衝擊帶來的不適感，也逐漸調整走向習慣了，只是千萬都想不到，偏偏在農曆新春家人團圓正濃的時節，疫情突又急速緊張起來。

就這樣，包括雅婷等家屬，再度又陷入不知經歷第幾波的遍野哀嚎……。

然而，誰也料想不到，這一波的疫情，不過是COVID-19大惡魔對台灣的一個小小預告罷了，等「部桃事件」過後，大家原以為就快掰了大惡魔，還肆無忌憚地歡祝一年一度的母親節，殊不知，母親節過後，這個可怕的大惡魔，正準備使出牠猙獰的面目，即將帶來台灣始料未及的大災難，方才正要開始……。

【來個特寫鏡頭吧】

「姐姐，阿公這次一百分喔，妳看，配備相當齊全！」

「哇～帥哥又要出去啦？」

戴起太陽眼鏡的雅婷父親，就像傲骨的「烏狗兄」上身，加上聽到被喊叫帥哥時，他那上揚的嘴角，簡直逼近天際，然後從他大搖大擺的身上，硬是散發出某種不一樣的氣場，彷彿只有來自二〇年代出生的人才懂的，所謂的「派頭」……。

第二十九話　糊塗不一定是壞事

「我若是沒來看你，你敢會哭（你會不會哭了）？」

「若是哭了，哭卡大聲就好啦！啊妳講有帶水果來，我哪攏無看到？」父親笑著說的同時，更在意他的水果了，早已心不在焉左顧右盼地搜尋著。

「部桃事件」突如其來的爆發，機構會客再度被禁以來，比起無法跟親人視訊的有些家屬來說，不幸中的大幸，雅婷還能隔著落地窗，和父親用機構的手機聊天。

這一年來對於因應防疫對策的時而變，雅婷逐漸練就了變則通的心態，只是，原以為國內的疫情會往好的方向走，可世事就是這麼難預料，尤其面對這樣詭譎多變的COVID-19敵人，何時能否完全被殲滅？全世界至今，還是沒有一個國家摸得著頭緒。

如今，再度無法踏進機構的會客室看著父親吃水果，雅婷心裡頭多少還是有些沮喪，差不多就在「部桃事件」突襲的前後幾天，雅婷也在line上收到學姊傳來的訊息，接下來，甚至連學姊惠雯的身影，恐怕也都很難遇見了。

「雅婷，我準備要去住院接受治療了！妳要是遇到我老爸，如果他問起我的話，麻煩幫忙騙說我最近較忙，沒空來看他就好，詳細就別多說喔。」

「好。學姊妳自己也要多保重喔，祝早日康復！」

上次學姊檢查的結果，聽說身上長了不好的東西，必須儘速開刀並接受後續的治療，家屬之間必要時的互相幫忙，隨時彼此協助關懷長輩或善意的謊言，現階段雅婷除了默默為她祝禱外，也只能做這些的舉手之勞了，還好學姊父親早已被安置在機構內，否則，這下她豈不是人仰馬翻？雅婷心想。

同時間，心裡縱使掛記著學姊母親的近況，說實在地，雅婷她可自顧不暇，便不敢再進一步探問了，畢竟，自己母親的狀況也好不到哪裡去，前陣子尤其疑東疑西的情形越趨嚴重，家裡從大門經過的、乃至通往母親的臥室，舉凡每一道門的鑰匙，不斷地被換了再換，甚至鎖頭也都還沒壞掉就再三重新被置換過，被差來的鎖匠看似賺到了，但這樣三天兩頭過度頻繁地來來去去，想不惹煩應該也很難吧？不過說也奇怪，母親每次替換鑰匙時，她都不忘順便打支備用的鑰匙，「攢（ㄘㄨㄢˊ）便便」[1]交給她，前前後後也不知更換多少回合了，因

[1] 台語，張羅準備好的意思。

而搞到最後，到底哪一把是哪一道門的鑰匙？又哪一把才是最新的？雅婷早就先被弄糊塗了！

雅婷在家的時候，不得不隨時留意，越變越奇怪的母親，申請外籍看護協助的念頭，也就不斷地在她腦海裡浮現，然而，幾經雅婷的試探之下，母親拒他人於門外的意識猶然強烈，在她腦筋還清楚的時候，恐怕休想哪個外籍看護踏進她家門吧？再則，看著母親疑神疑鬼的功夫日漸高強之下，就算請來了外籍看護，大概也很難留得住人吧？

另一方面機構這邊，因著疫情還在延燒，隨時得配合滾動式的防疫措施，雅婷從無法天天去探視父親，一下子被切割成一週幾次、幾個分鐘的短暫相見歡，一下子又換來只能視訊或隔窗的講手機聊天，她和其他家屬從一開始的無法接受，早已學會逆來順受了，因此，說是「拜防疫的禁令所賜」，或許有些奇怪，不過，只要父親情緒不受影響的情況下，像這樣因「部桃事件」會客禁令再起的結果，有時反而意外地，讓雅婷及其他家屬，適時得以有喘息的機會，至少對於雅婷來說，在母親發病的這個節骨眼，不至於讓她成了蠟燭的兩頭燒。

還好，天佑台灣，陰霾的疫情過去，終究又見曙光了，所幸「部桃事件」即時控制不再延燒，雖然距離疫情何時大解封，仍是個未知數，至少機構又開放預約式的短暫會客了，只要能和父親面對面「開講」，哪怕是一週只能一兩次、一次又僅有不到半個鐘頭的時間，對於雅婷及其他家屬而言，無論如何，都像是一種恩典。

「姐姐，最近爺爺好像又時常說要打電話找您，從這週開始，您就可以帶他出去走走了喔，不過，一週只限一次，至於會客的預約另計，還是維持之前的預約方式喔！」那天，雅婷一進機構大門，工作人員特地把她拉到一邊告知這好消息。

「我好親像很久沒出來走走了……。」

「阿婷，我在想蓋久沒轉去（回家）了，啊妳什麼時候要載我轉去？」

「阿婷，妳若是無閒（沒空），妳給我錢就好，我自己可以坐車轉去。」

也許是被久封好一陣子的關係吧？父親的心又開始蠢蠢欲動了，無論是「敲」電話給她、或是見面的第一句話，開口閉口都是講回家的事。

「部桃事件」解除警報後，陪父親的第一次散步，看著他似乎日漸消瘦的身影，雅婷更顯得不捨。

以前父親在家時，特別在週末假日的晚餐飯後，她就常陪父親出去散步了，一路上父女倆總喜歡在身高上「答喙鼓」（鬥嘴），每次雅婷都笑稱自己就快追上短小的父親了，父親通常則不以為然回嘴「差得遠咧」，然後再搭配他的招牌動作，用手誇張地，從他頭上故意往下比畫下去。

「爸，妳最近有量體重嘸？你看起來好像有卡瘦哩。」

「阿哉（哪知道）？」

「你看起來有點老倒勼（kiu）[2]喔！」

「有嗎？」父親只是淡淡的說著，雅婷原本期待他用手往下比的那個招牌動作，不再出現了。

印象中，在機構裡，護理人員好像都會定期幫住民量體重，疫情前雅婷看過父親偶而也會自己站上體重機測量，如今，就算護理人員幫他量過了，或者實際上他有沒有再站上體重機，恐怕連父親本身都不記得了！

距離上次出來透氣漫走的日子，都還不算太久吧？雅婷拉著父親的手臂，感覺都快摸不到肌肉了，再看他佝僂的身軀時，雅婷心裡頭不免又酸了起來。

「我看我爸身體越來越瘦小了，請問醫生，那是不是所謂的『肌少症』？」那天雅婷又代替父親來到診間，於是，她試著請教了醫師。

「妳現在就是會經歷，看著妳爸爸一天天變得越衰老，人生就是這樣，妳要學著去調適。」

也許醫生是看多了習以為常，然而，這句話聽在雅婷的耳裡，更是份外地令人感傷，不禁讓她紅了眼眶。

2 台語，形容人老體型縮小衰弱的意思。

是啊！到底她還是得面對事實，父親終究有老去的一天，遲早他的身形會越變瘦小和脆弱，然後慢慢地走向搖搖欲墜。

醫生大概發現了，居然輕拍著她肩膀，差點害雅婷一時崩潰，剛好也結束了問診，她趕緊走出診間，淚水卻早已奪眶而出了。

事隔不到兩個月，就在下一次代父親回診的日子到來前，原以為部桃事件結束後，如果國內疫苗的順利普及接種，或許，離自由進出機構看父親的日子就近了！

孰料，先是華航諾富特群聚案的爆發，繼之萬華茶藝館疫情接踵而至，社區開始出現了群聚感染，台灣的疫情，正式進入所謂的「黑暗期」，甚且，社區感染的情況，一下子像滾雪球般，越滾越大！

機構只好又關上會客的大門，這樣地開開關關已經不知歷經第幾回合了，於是，帶父親出去的漫走，再一次，被迫按下了停止鍵！

「老爸，最近台灣的『肺炎』變得卡嚴重，台北那邊很多人被傳染了！所以，我又無法進去裡面陪你吃水果開講囉！你要多洗手，我有帶一罐白色的洗手乳，吃東西前和上完廁所後，記得要用那罐洗手乳洗手喔！」

隔窗看著機構裡面的爺爺奶奶依舊過著他們的日常，絲毫不受外面世界的風雲變色而影響，就怕父親又是一個狀況外或老番顛，雅婷依著預約的時間，頂著艷陽的高溫下，隔著機構的落地窗，和父親用手機說著，同時在交付給父親的水果袋內，再度附上了抗菌洗手乳和「家書」叮嚀。

> 古錐的老爸：
>
> 最近台灣「肺炎」變得很嚴重，我現在只能隔著窗和你用手機聊天，大家都要保護自己，都儘量少出門了！
>
> 我有帶水果和吃的過來，寄放在工作人員那邊，等一下你可以先吃水果喔。
>
> 如果我沒辦法過來看你的時候，你要記得多喝水、勤洗手喔！**吃東西前和上廁所後**，記得要用那瓶**白色的洗手乳**來洗手嘿！
>
> 阿婷

「等一下，我拄才（剛剛）看到畫線的這幾個字，妳是說這罐白色的嗎？」

父親邊拿著手機、邊認真地讀著雅婷寫下的字句，聽到雅婷提及的白色洗手乳時，旁邊的工作人員貼心地從紙袋中拿出來給父親看。

「我還有帶水果來，你等一下要記得吃喔！」
「好啦！我知啦，天氣很熱，妳不來看我，毋要緊啦！」
「我若是沒來看你，你敢會哭（你會不會哭了）呢？」
「若是哭了，哭卡大聲就好啦！啊妳講有帶水果來，我哪攏無看到？」父親笑著說的同時，更在意他的水果了，早已心不在焉左顧右盼地搜尋著。
「她們把水果放在你餐桌上了。」
「好啦！我來看麥（我去看看），天氣很熱，妳緊轉去（快回去）。」
「爸，記得要先洗手再吃喔！」
「啊這支手機是誰的？」
「公司的，你再拿去還給小姐就好。」
長期以來，父親都管機構叫做「公司」，雅婷向來也很少跟父親用「護理之家」或「養老院」的相關敏感字眼。
隨後，父親連再見都忘了說，拿著機構視訊專用的手機，轉身急著便往餐桌方向去了。
當全台灣的人，因著疫情突然的大襲擊而陷入恐慌之際，雅婷古錐的父親，一心竟只懸念著自己的水果，就怕手腳再不快點，萬一被人吃掉或不見了！
「糊塗了也不一定是壞事。」

雅婷突然想起電影《去看小洋蔥媽媽》裡，最後中年大叔的主角雄一所說的這句台詞時，不禁會心一笑！

【來個特寫鏡頭吧】

「我若是沒來看你，你敢會哭呢？」

「若是哭了，哭卡大聲就好啦！啊妳講有帶水果來，我哪攏無看到？」

原本拿著手機坐著的雅婷父親，還談笑風生，當一聽到「水果」兩字時，眼神突然轉為非常專注，不知不覺手機便遠離耳邊，然後整張臉直接便轉向身後餐桌的方向去了，完全無視於窗外這頭，女兒還癡癡等著跟他說「掰掰」……。

最終話　珍惜餘生的每一個當下

願你餘生所有的珍惜，都不用靠失去來懂得。

——截自不朽《想把餘生的溫柔都給你》

「阿公，你的衫褲，阿菲幫你準備好啊，卡緊來洗身軀啦！」

「無愛（不要），無愛（不要）啦，哪有什麼衫褲？我攏無看到，哎唷，真艱苦……」

透過機構手機line傳來的影片中，雅婷看到了，在房內的父親，非常不耐煩也不悅地，揮手回絕工作人員，隨即便拉起床邊的隔簾。

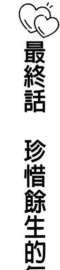

父親拒絕洗澡的事，不是已經沒再發生了嗎？

疫情發生後，雅婷好幾次從機構line上傳的照片裡早就發現，父親老是執著限定幾件衣褲穿，衣櫥內明明尚有其他好幾件衣褲，可是，無論是透過機構的工作人員協助張羅，或是雅婷在去探望他的同時，幾次試著請工作人員將衣櫥內幾件衣褲故意裝袋，然後假裝是她帶過去要給他，不過到最後，父親仍然會穿回固定的那幾件衣褲。

那陣子，適逢梅雨紛飛，接連幾天的大雨之下，偏偏又逢假日洗衣店的輪休、機構衣物送洗剛好「青黃不接」的時刻，結果那天一早洗澡前，雅婷父親鍾愛限定的那幾件衣褲，正巧尚未送回他的衣櫥內，於是，當看不到他固定所穿的衣褲時，父親煩躁了，索性就拒洗！

還好，聽說那之後送洗衣褲沒多久就回來了，雅婷父親拒洗的風波，很快才隨之落幕。

不過，後來幾次雅婷隔窗和他講手機時，窗內的父親，依舊好幾件衣服套在一身的「混搭」，直叫她不敢領教，心裡想著古錐的父親，該不會身子變差怕冷了？還是，這段封閉的防疫期間，害他腦筋又「減1」倒退了？

「爸，你很冷嗎？你算看麥，你身軀總共穿幾件了？」雅婷笑著問他。

「吼～妳攏不知影裡面冷氣有多冷嗎？」

父親說的振振有詞，站在窗外艷陽下僅著無袖上衣短褲的雅婷，都汗流浹背了，而且她清清楚楚地看到，同樣的冷氣房下，父親身旁的爺爺奶奶，人家各個都還是身著短袖啊！除非父親真的像俗話說的「著寒風」，否則，父親的這番「穿衣哲學」，看來恐怕還會跟著他現階段的思維，持續一陣子吧？

過去一年來，所謂前疫情時代，國內疫情相對穩定安全時，電視報導或網路出現的，像是國外疫情之下的封城啦、還有動輒數以千甚至或萬計算的死亡人數，甚至路上有人走著走著就倒下身亡，被發現時早已確診之類的，在雅婷看來，總覺得像是危言聳聽或天方夜譚，好不真實。

然而，隨著國內走到後疫情時代，沒想到，曾經讓雅婷覺得光怪陸離的景象，竟然，也開始出現在國內了。

幾個月前，國內疫情的警戒，一下子升到第三級後，看著指揮中心的記者會，每天報導的那些確診數和死亡的數字，還有轟動一時的「校正回歸」的漏網之魚，才讓雅婷澈澈底底地覺悟，COVID-19病毒的侵襲與恐怖，可不是無聊人士的道聽途說！這大惡魔幾乎遊走過全世界的各個角落，如今也要賴走進我們台灣寶島了，那些電視上報導的畫面，也開始活靈活現在我們真實的生活裡了！一時之間，別說雅婷難以置信了，也難怪每次她在跟父親「機會教育」時，父親都當她在編故事，笑著當耳邊風。

「爸，你目前在裡面算是較安全的，現在我們都不能到處趴趴走，如果出去外面，隨時隨地都會擔心被傳染，而且這種『肺炎』最恐怖的是，很多人被傳染都還不知道，因為看不到症狀哩！台灣目前每天嘛是都有人因為『肺炎』死去，還有聽說才被發現（確診），隔天或沒多久就死翹翹了呢！」

「敢有那麼嚴重？按呢（那麼）台灣不就無法度住了？」

「爸，真的啦！不只是台灣，現在很多地方都比台灣還恐怖呢！你若有閒，去翻報紙看麥，而且，不只台灣，這個『肺炎』的傳染是世界性的，日本啦，美國啦，還有現在的印度，都死很多人呢！」

「啊妳講看報紙，這裡哪有什麼報紙可以看啦？」

已經很久沒聞報紙油墨味的父親，每次雅婷勸他看看報紙時，「哪有報紙可看」，他都能理直氣壯地搬出這句台詞，讓雅婷又好氣又好笑！

明明雅婷父親同寢室的九十高齡室友，人家天天都在他隔壁餐桌前，推著眼鏡翻閱報紙呢！記得剛入住機構時的父親，也是有過看報紙知天下事的閒情，如今，就他常說的，「不想傷神動腦筋」，但是，話又說回來，像雅婷父親這樣歲數的人，何苦強迫他每天去了解疫情，跟著無情的災變而愁苦憂天？難得糊塗一天算是一天，坦白說，他要是能夠天天快樂，就當個不知天下事的開喜爺爺，那又何妨呢？

不過疫情當下，如果雅婷父親現今不是在機構、而是待在家中的話，已經逐漸和世界脫節的他，又能否意會COVID-19帶來的恐怖？尤其對於疫苗接種覆蓋率尚未達標前，光是「少出門」宅在家這一項，對於喜歡到處趴趴走的他，不知是否會抓狂？其他像是諸如外出沒戴罩得罰錢、買個東西還得實聯制和量體溫等等，一連串種種不得不設限的防疫措施，對於已經糊裡糊塗的父親，又怎能搞清楚受得了呢？

「爸，最近如果有醫生來注『預防射』（預防針），你要注喔！因為有注有保佑，等你注了『預防射』就會卡安全喔。」

「吼，你說若是要注『預防射』，要注就對啦？」

「對啦！爸。」

記得前一年冬天流感疫苗開始施打時，父親差點拒打，因此，當台灣開始開放COVID-19疫苗接種前，雅婷三不五時都會跟父親先耳提面命來個「衛教」，否則，就怕他到時候又嚷說不打了。

好不容易，國內疫苗的施打對象，終於輪到第五類住宿型長照機構住民了，很慶幸地，雅婷透過機構的line聯絡得知，聽說整個施打過程都很順利，當天接打完事後，幾經工作人員多次不斷地勸進多喝水之下，包括父親所有參加疫苗接種過後的爺爺奶奶，都全員平安。

「爸，你昨天有注射嘸？注『肺炎』的『預防射』？」

機構住民疫苗接種完的隔天，雅婷依約和父親隔窗用手機聊天，看著跟平常沒兩樣的他，雅婷故意再確認一下。

「阿哉（哪知）？我有注射嗎？好像沒有喔……。」

看著歪著頭邊努力思索的父親，雅婷忍不住笑了！無論如何，看著父親打完第一劑疫苗後古錐依舊的模樣，也就放心了！

人生は紙飛行機　願い乗せて飛んで行くよ
風の中を力の限り　ただ進むだけ
その距離を競うより　どう飛んだか　どこを飛んだのか
それが一番大切なんだ　さあ　心のままに　三六五日

就在父親打完疫苗後沒多久，從雅婷手機又傳來睽違很久的〈紙飛機〉來電鈴了！

「阿婷，妳今天有閒嘸？我想要今天就轉去，妳能不能來載我轉去？」父親又開始想家了。

「爸，目前『肺炎』還很嚴重，你不是才注過『預防射』嗎？至少要等大家攏注到了，等『肺炎』卡收束（結束）卡安全時再說。現在才開始從八、九十歲的人開始注，爸，啊你幾歲？」

「啊我敢是（是不是）八十幾啦？」

「嘿呀，你八十五啊，年歲較大的開始注，我都還沒輪到注呢。」

「按呢妳卡緊去注注誒，卡緊載我轉去。」

自從〈紙飛機〉開始又重新飛起來之後，有天一早，雅婷一開機，沒想到就看到五筆來自機構「未接來電」的訊息，而且，第一通顯現的時間，還是一大早的六點左右。雅婷擔心是否父親發生什麼事了？趕緊去電機構詢問。

「姐姐，爺爺沒事，只是一大早他就急著說有事找您，然後連撥了好幾通電話沒能聯絡上您，很焦慮！我跟他說可能姐姐手機還沒開，等會可以再打看看。剛剛他才吃完早餐，現正在看電視喔。」

父親沒事就好，雅婷這才放心地準備吃早餐時，〈紙飛機〉又來了！

「阿婷，妳不是說今天要來載我轉去？我行李都款好啊，鞋子也換好了……」

「爸，你透早有敲好幾通電話吼？我有講過，如果你想要轉去，至少要等『肺炎』卡收束（結束）卡安全時再說，現在還很嚴重哩。啊你早餐吃了嗎？我才正準備要吃呢！」

「按呢（這樣）喔？啊『肺炎』什麼時候會收束？」

「我嘛毋知，等大家攏有注『預防射』了，再看麥。」

什麼時候該帶父親回家？待疫情緩合安全後再帶他回去的想法，並非只是雅婷的呼攏父親，事實上，常看到電視或網路報導的，因為疫情，帶給多少家庭的聚散離合，雅婷非常有感，曾經好幾次也思考過父親「返家」的這個問題，等疫情真正撥雲見日結束後，如果哪天的天時地利一切都謀和之下，總有一天，她還是會想帶古錐的父親回到老家。

「啊我現在不就還不能轉去喔？」父親略帶失望。

「阿婷，啊妳什麼時候能載我轉去？」

沒多久，父親又開始「倒帶」問著同樣的問題。

「嗯，這附近好像沒什麼餐廳？」

「哎唷，清菜（隨便）攏好，卡緊決定啦！一盤一百塊的那個（熱炒）好了啦！」

「嘛好，不要再移動，還要找停車位太麻煩了！」雅婷看著手錶已是傍晚六點半。

「啊！爸，媽，等一下，恁哪會攏無掛喙罨（戴口罩）啊？」

父親和家人一起外出，早已過了他用晚餐的時間，性急的他，腎上腺素又開始上升，雅婷再不決定的話，就準備接招父親批哩啪拉的抱怨了……。

那天雅婷一早醒來發現，原來又是一場夢！

過去，只要父親一想回家，行動自如不需輪椅的父親模樣，經常跑到她夢裡，自從疫情以來，父親似乎好久沒在她夢中出現了，這回，隨著父親的思鄉病再起，旋即又跑來她的夢境，只是沒想到夢中的雅婷，還掛記著戴口罩防疫，這該死的COVID-19大惡魔，甚至連她的夢裡也不放過，都敢放肆入侵，真是夠了！

就在父親打完第一劑的疫苗沒多久，在家的母親，也收到第一劑疫苗接種的通知了，而且如期順利地平安施打完畢。

有一天，母親不過是想到門前屋簷下掃個地罷了，雅婷看著年邁的她，走出去之前，還乖乖不忘拿起口罩慢慢戴上，卻還是戴歪斜了，然後望著那拄著拐杖走出去蹣跚的背影，不由得想起，父母親出生於二〇年代的這一輩，年幼的時候就飽受戰爭的威脅，經歷過所謂顛沛流離的生活，其中母親也因此跟著家人從城裡「疏開」到鄉下郊區來，然後父母兩人同樣都因著失怙的背景，各自身為一家之長子（女），從小便吃盡了苦頭，如今在他們的餘年路上，偏偏又殺出了COVID-19這大惡魔，看著高齡的他們，老來還得騰出心力對抗疫情下生活，不覺叫人格外地心疼！

印象中電影情節裡的大壞蛋，大都被塑造成具有莫測高深的能力，尤其刀槍不入甚且都還會不斷進化突變，然後，總是要等到電影快結束前的關鍵時刻，大壞蛋才會被殲滅終結。

眼前這個活真真的世紀大惡魔COVID-19病毒，同樣詭局百變，一下子變種巴西毒株、一下子英國病毒株，現在又變身令人聞之色變的印度變種Delta，台灣同其他國家一樣，毫無倖免地，面臨這個恐怖的大惡魔，步步走來，步步為營，一刻不得鬆懈地，隨時得做好生死的大對決！

然而，COVID-19大惡魔，終究不是被電影所安排的虛擬角色，打從牠活生生地在世上登場後，都歷經幾百個天數了，結果，全世界確診或因而死亡的人數，始終一直尚未停歇過，好不容易看似撥雲見日了，沒料到牠就又變種出奇招、且變得更壯大，也就因為如此，台灣的疫情升至第三級警戒後，一而再再而三、延長又延長，即便在第三次的延長後，稍稍地開了「微解封」，面對這個惡魔大敵，遲遲不敢大意。同時大家也只能加緊修練武功、加速配備齊全的疫苗武器以茲對抗，但，這場跟COVID-19大惡魔大車拼的實戰，何時才能看到「THE END」完結篇？沒有一個國家、也沒有任何一個人能掛保證。

人世間的變化，本就難以預料，生死很多常是一瞬間，大家不就都一起見證了這個史無前例的疫情，剎那間，多少條無辜的生命，一下子便化成冰冷的死亡數字？其中諸多寶貴的生命，根本被迫走得太過倉促了，甚且連跟親人或摯愛，都來不及道別呢！

作家不朽，曾對失去親人的摯友說過，「願你餘生所有的珍惜，都不用靠失去來懂得。」

很多人事物稍縱，真的便即逝了，如果想要好好珍惜，唯有當下及時，人生終究可不是什麼舞台劇場，NG了，就無法重新再排演，失去了，就再也尋不回了。

你以為「錯過」只是一個短暫的事，其實就是一生，於是滄桑感，油然而生。

——陳文茜

太平歲月時，因為無法讓父親住在家中，於是，雅婷儘可能地把握每天可以探望父親的時日。

而這段疫情籠罩下，被迫切換的非常生活裡，雅婷更不想錯過可以預約和父親相聚（相看）的每一分每一秒，哪怕只能隔著落地窗，就算，換算成僅僅連〇．〇一天的時間都不及的，那短短的幾十分鐘。

只要能看到父親的笑靨，就是雅婷目前最美好的珍惜了！

【來個特寫鏡頭吧】

「爸，你昨天有注射嘸？注『肺炎』的『預防射』？」機構住民疫苗接種完的隔天，雅婷依約和父親隔窗用手機聊天，看著跟平常沒兩樣的他，雅婷故意再確認一下。

「阿哉（哪知）？我有注射嗎？好像沒有喔……。」

雅婷父親歪著頭像學生回答老師般，很努力地思索答案，果然，想破頭答案也是一片空白，然在他糊塗的笑裡，明顯帶著孩子般的天真，簡直古錐極了！

幾年後……

COVID-19大惡魔，非但沒有讓世人看到電影般的終結篇，最重要的是，牠還好端端地活著，而且其下不斷繁衍進化變種的「子孫」，甚且還活蹦亂跳。

但，人類可也不是省油的燈！除了不斷地研發出更多有效的疫苗和防護措施，至少已經不畏懼地能夠與之和平共處了，只要逢大流行之際，就像打流感疫苗般，大家也都會自動前往接種預防COVID-19的疫苗，不再活在牠的陰影下大恐慌了。

此外，大家戴口罩變成像用衛生紙般地習以為常，同時，一些室內的、或隨身配備的，附上除菌消毒的設施或產品也都應有盡有，只是遺憾地，疫情前無罩、無距離、且無拘無束的生活，恐怕還沒辦法完全回來，但是，起碼，全球各地的經濟不再空轉，大家的生活，都算是恢復了正常地運作。

揮別過去疫情的陰影、開始過正常的生活後，雅婷也順利從學校申請退休了，原本想自己照顧不良於行的母親，但，身為「第九類」族群的她，退役後縱使沒有工作之累，常常需要跑醫院的自己，還是力不從心，甚且，母親胡自「編劇」的功力，更加發功發威，也許老天爺終於注意到並垂憐了雅婷，有一天，母親竟糊裡糊塗地點頭答應了，於是，家中才多了瑪麗這位外籍「生力軍」的協助。

同時，父親這邊，他想不起雅婷的時候，開始多於記住的時候了，但想家的心還是不曾間斷過。

雅婷趁著父親還能記住她時，也嘗試漸進式讓他返家看看，先是一週幾次，如果母親狀況好的時候，就讓父親多待在家中幾天，碰到母親狀況不好的時候，她只好就讓父親多待在機構幾天，至少在她分身乏術之下，父親也能獲得照應，好讓她有個緩衝、無後顧之憂。

「瑪麗，麻煩妳在家陪阿嬤一下，我去載阿公。」

一進機構大門，父親早在工作人員協助下等候了，雅婷連忙過去跟他招手。

「啊妳是誰？」

「爸，我阿婷啦！你查某囝（女兒）啦，咱們等一下要來轉去！」

「吼，阿婷喔？妳敢是（是不是）在做老師咧？」

「嘿啦，老爸你真讚呢，叫你第一名，攏會記我在做老師！」

「啊妳是誰？我要坐車轉去嗎？」等上車後，父親又忘了！

「爸，嘿呀，我阿婷啦！你查某囝（女兒）啦，咱們等一下要來轉去。」

那天，雅婷又來到機構，準備帶父親回家「度假」。

看著工作人員協助下坐在輪椅上的父親，感覺又蒼老了許多，隨著失智的退化速度，讓他的腦袋瓜，快要跟不上他曾經擁有過「糖霜丸」的美好記憶，然而，父親只要認出她時，總是洋溢著的那古錐笑容，卻是她這輩子從小看到大，一直都沒有改變的。

當工作人員協助她幫父親帶入車上座位時，車內剛好流洩出帕特（Arvo Part）〈鏡中鏡〉（Spiegel im Spiegel）三連音的悠然音符，雅婷聽著鋼琴不斷反覆的樂音中，小提琴的聲音像是和它對映出相互的影子，在這樣簡單反覆堆砌的平靜樂聲下，父親這一生曾經牽絆著「豬尾囝（ㄠ女）」的樹大般身影，和眼前他那風中殘燭般的老態，彷彿也相互交錯地，不斷跳出在雅婷的眼前。

車子開始往前行駛了，車內簡單質樸的三連音，也隨之慢慢在平靜中消逝了，但雅婷心裡頭的五味雜陳，卻還久久未能散去……。

後記

「請問是急診室嗎？我這裡有一位陪病者家屬發燒，我要轉介到你們那邊，蛤？你們那裡現在沒有空的病房了？」醫師問診後，連忙去電聯絡急診室。

「請問是〇〇病房護理站嗎？我這裡有你們病患〇〇〇的陪病家屬，我現在要將她轉介到急診發燒快篩，她說要麻煩你們幫忙看顧一下她媽媽……」剛掛斷跟急診室的對話，醫師應我的請託，隨即又去電病房護理站，交代協助看顧還在病房落單的母親。

在這本書完稿後沒多久，外面疫情的曲線，還在忽高忽低，宅在家的母親，卻毫無預警地病倒了！

那是陪伴母親住院期間，有一天的傍晚，面對自己突如其來的發燒，護理站這邊，一開始雖然不敢大意，當下立即便幫我掛了家醫的夜診，於是，匆忙看著母親用過晚餐服過藥後，自己便趕往樓下的夜間門診，打算看診拿過藥後快去快回。當時外面的世界，因著Omicron病毒株的火苗，讓原本穩定的COVID-19疫情，再度迅速復燃，尤其高雄地區又出現幾起的本土案例，搞得醫院裡草木皆兵，加上自己原先在護理站量測37.5的體溫，來到門診間時偏偏繼續延燒到38度，不料，在毫無心理準備也無從選擇似地，自己就這樣被迫從門診轉介去急診，甚至連急診室的門都不給進入，直接就被叫到戶外的快篩站，緊急做了第二次的PCR（陪母親住院前早已採檢過），「現在趕快吞下一顆退燒藥」，且當下被喝令不准離開篩檢處買水的情況下，硬是將退燒藥咬碎，和著口水勉強給吞了下去。

最後，自己一副被強迫「驅逐出境」般，只能眼睜睜看著醫院大門而不得其入，孤獨地搭著計程車返家等報告。所幸，篩檢的結果是陰性，折騰了好幾個鐘頭後，自己又獨自連夜趕搭計程車，折返回醫院裡的病房，一看到在病榻上仍離不開點滴的高齡老母，徹夜還眼睜睜地巴望與擔心著自己女兒怎麼個一去不回時，當下那緊緊的揪心，說實在，已經找不出用什麼言語所能形容了。

那一夜，自己差點回不去母親的病房，第一次感覺離COVID-19的世界好近好近！還好自己平安歸來，燒也退了，否則，實在無法也不忍去想像，生病的老母，無端被迫牽連、導致孤單滯留在病房的場景。

像這樣，這本書的文稿都收筆了，很遺憾地，COVID-19的疫情依舊尚未落幕，在我們現實的生活裡，絲毫還看不到電影散場前，飾演「壞蛋」的總是該有的終結情節，COVID-19的病毒，照樣打不死般纏著世人，甚且一再地進化演變，從Alpha、Delta、Omicron，變異株不斷地衍生，一個比一個的讀法竟越來越難唸，特別在農曆春節前，還跑出個什麼「Omicron的妹妹」BA.2來亂，搞得大家人心惶惶，也史無前例地，締造了台灣近兩萬人被迫春節過年隔離的紀錄！甚且，時序走入二〇二二後，不料疫情逐漸升溫，宛如戲劇般驟變，全國確診人數簡直排山倒海而來，迫使得台灣終究只能捨棄「清零」，學習逐步邁向與病毒共存的日子。

當初，還好這本書沒有按著時事跟著走寫，否則，想要完成付梓成書的心願，恐怕將遙遙無期了！

而這半年多以來，多次隨著母親進出急診住院，我們母女倆被捅鼻腔做PCR的檢測也不下數次了，就這樣在自家的人生劇場裡，原本一直扮演吃重角色的父親，一夕之間，所有的戲份，突然像是被母親給搶走取代了！母親前後歷經兩次的中風與肺部感染或敗血症，一下子就讓她老人家擢升、變成我們家庭劇中的「唯一主角」，家中有關母親的照護課題上，也改寫了我們母女前所未有的考驗與歷程，其中包括了陪她走過長照2.0的點點滴滴，不過，那又是另一篇說來話長的故事了。

當初看著在機構裡的父親，一點一滴地糊塗，慢慢像是被困在時間的河流裡，沒想到，與父親同齡的母親，也猝不及防、驟然宛若被趕鴨子上架似地，倉皇便跟著掉進了長照的圈子裡。

關於父母的老化、乃至走向人生終點站，永遠都像是個變化球，而且，不是我們說好「改天」、或「等一下」再接招，很多時候就是「再看著辦」，人生才會有太多晚了一步的遺憾。

因此，即使在自己身體零件也開始鬆落的中年，有機會能夠陪伴父母的餘年，就及時陪著他們緩慢、糊塗乃至損壞吧，誠如鄧惠文所言，這是「一條不言明的送行之路」，然後看著他們「一點一點的離開」，「最深的牽絆，需要最溫柔的送行」。

望向父母不可能回得去的衰老，唯有在還能看著他們的時刻，但願，都有自己盡可能的，溫柔與陪伴。

僅以此書，獻給我最古錐的～俊斌老爸。

同時，自己擱置一年的文稿，最後終能順利成書，更要感謝秀威的彥儒、哲安以及岱晴等編輯，還有共同參與這本書的出版團隊，感謝有您們，圓滿我幫老爸寫書的心願。僅此聊表萬分的謝意。

釀生活40　PE0197

長照鏡頭下的漏網特寫！
——一位中年女子和老父間的私密時光

作　　者　阿Hing
責任編輯　楊岱晴
圖文排版　黃莉珊
封面設計　劉肇昇／陳香穎

出版策劃　釀出版
製作發行　秀威資訊科技股份有限公司
114 台北市內湖區瑞光路76巷65號1樓
電話：+886-2-2796-3638　傳真：+886-2-2796-1377
服務信箱：service@showwe.com.tw
http://www.showwe.com.tw
郵政劃撥　19563868　戶名：秀威資訊科技股份有限公司
展售門市　國家書店【松江門市】
104 台北市中山區松江路209號1樓
電話：+886-2-2518-0207　傳真：+886-2-2518-0778
網路訂購　秀威網路書店：https://store.showwe.tw
國家網路書店：https://www.govbooks.com.tw
法律顧問　毛國樑　律師
總 經 銷　聯合發行股份有限公司
231新北市新店區寶橋路235巷6弄6號4F
電話：+886-2-2917-8022　傳真：+886-2-2915-6275

出版日期　2022年10月　BOD一版
定　　價　390元

讀者回函卡

Printed in Taiwan

國家圖書館出版品預行編目

長照鏡頭下的漏網特寫! ——一位中年女子和老父間的私密時光 / 阿 Hing 著. -- 一版. -- 臺北市 : 釀出版, 2022.10
面； 公分
BOD版
ISBN 978-986-445-727-4 (平裝)

863.55　　111014331